William Somerset Maugham

The Painted Veil

面纱

[英国]威廉·萨默塞特·毛姆 著　　解村 译

译林出版社

图书在版编目（CIP）数据

面纱 / （英）威廉·萨默塞特·毛姆 (William Somerset Maugham) 著 ; 解村译. -- 南京 : 译林出版社, 2025. 5. -- （毛姆精选集）. -- ISBN 978-7-5753-0537-2

Ⅰ. I561.45

中国国家版本馆CIP数据核字第2025AV8058号

面纱 ［英国］威廉·萨默塞特·毛姆／著 解村／译

责任编辑 鲍迎迎
装帧设计 吴 悠
校 对 孙玉兰
责任印制 颜 亮

原文出版 Vintage, 2001
出版发行 译林出版社
地 址 南京市湖南路 1 号 A 楼
邮 箱 yilin@yilin.com
网 址 www.yilin.com
市场热线 025-86633278
排 版 南京展望文化发展有限公司
印 刷 徐州绪权印刷有限公司
开 本 787 毫米 ×1092 毫米 1/32
印 张 9.5
插 页 2
版 次 2025 年 5 月第 1 版
印 次 2025 年 5 月第 1 次印刷
书 号 ISBN 978-7-5753-0537-2
定 价 39.80 元

“……那华美的面纱，芸芸众生称之为——生活。”

前　言

本故事缘起于但丁的如下诗句：

Deh, quando tu sarai tornato al mondo,
E riposato della lunga via,
Seguito il terzo spirito al secondo,
Ricorditi di me, che son la Pia:
Siena mi fè; disfecemi Maremma:
Salsi colui, che, innanellata pria
Disposando m'avea con la sua gemma.

"喂，等你返回人世，
解除了长途跋涉的疲劳，"
第三个精灵紧接着第二个之后说道，
"请记住我，我就是那个皮娅。
锡耶纳养育了我，而马雷马却把我毁掉，

那个以前曾取出他的宝石戒指并给我戴上的人，
对此应当知晓。”①

① 摘自黄文捷《神曲》译本。

我那时是圣托马斯医院的一名学生，复活节假期给了我六个星期的独处时光。我把衣服往格莱斯顿旅行包里一装，兜里揣着二十英镑就出发了。那年我二十岁。我先去了热那亚、比萨，然后去了佛罗伦萨，在那儿的劳拉大道上租了个房间，从窗口可以望见大教堂优美的穹顶。房东是一位寡妇，跟女儿一起生活，食宿每天收我四里拉[①]（经过好一番讨价还价）。恐怕她从中赚不到什么钱，因为我的胃口大得惊人，可以轻松吞下成山的通心粉。她在托斯卡纳山上有一座葡萄园，我还记得，她从那里带来的基安蒂酒是我在意大利喝过最好的葡萄酒。她女儿每天给我上意大利语课，我当时感觉她很成熟，但她应该不超过二十六岁。她曾遭遇坎坷，她的未婚夫是一名军官，在阿比西尼亚战死，她就此终身不嫁。可想而知，母亲一去世（她是一位体态丰满、头发花白、性格开朗的女士，一定能够尽享天年），埃尔西利娅就会去做修女——然而她竟欣然期待着这一天。她喜欢开怀大笑，午餐和晚餐的时候我们总是很快活。不过她教课很严肃，每当我犯蠢或是走神，她就会用一把黑尺子敲我的指关节。要不是这让我想起书里读到的那些旧时教书先生，因此被她逗笑，这样拿我当小孩儿一样对待，我一定会生气的。

那是一段辛苦的日子。我每天都要先翻译几页易卜生的戏

① 里拉，意大利在 1861 年至 2002 年使用的货币单位。

剧，以熟练掌握撰写对话的技巧。随后，我手里拿着罗斯金[①]的书，探访佛罗伦萨的名胜。我根据指南欣赏乔托钟塔和吉贝尔蒂[②]的青铜门。在乌菲齐美术馆，我恰如其分地热爱着波提切利[③]的画作，对大师不认可的作品则投之以年少轻狂的冷眼。午饭后上一节意大利语课，然后再次外出，参观教堂，一边做着白日梦，一边沿着亚诺河漫步。吃完晚饭，我会出门寻找刺激，但由于我的稚嫩，或者至少是羞涩，每次归来总是跟出门时一样贞洁无瑕。房东夫人虽然给了我一把钥匙，但每晚听到我进了屋，把门闩上，才能松一口气，因为她总是担心我忘记闩门。于是我又回来继续细读教皇派与皇帝派党争的历史。我心酸地意识到，浪漫时期的作家不是我这样的作风——尽管我怀疑他们能否有人靠二十英镑在意大利度过六个星期，而我非常享受这种持重而勤奋的生活。

我已经读完了《地狱篇》（借助了译文，但还是认真地用字典把不认识的词都查了），于是埃尔西利娅开始教我《炼狱篇》。当我们读到上面引用的那段诗时，她告诉我，皮娅是锡耶纳的一位贵妇，她的丈夫怀疑她通奸，想要将她处死，又顾虑她的家族，于是把她带到了他在马雷马的城堡，相信可以靠那里的毒蒸汽达到目的。但是她过了很久都没有死，他渐渐失去耐心，把她扔出了窗户。我不知道埃尔西利娅从哪里知道的这些，我自己的

---

① 罗斯金（John Ruskin，1819—1900），英国政论家、艺术评论家、画家。

② 吉贝尔蒂（Lorenzo Ghiberti，1378—1455），意大利文艺复兴初期雕塑家、画家。

③ 波提切利（Sandro Botticelli，约 1445—1510），意大利文艺复兴盛期画家。

这本《神曲》注释就没有这么详尽，但这个故事还是莫名地引发了我的遐想。有很多年，我在心里翻来覆去地想这个故事，时不时就会有两三天为之茶饭不思。我时常反复念叨这一句：Siena mi fè；disfecemi Maremma[①]。不过，这只是占据我想象的诸多题材之一，我有很长一段时间都将它抛之脑后了。当然，我把它视作一个现代故事，但在当今世界，我想不到一个适合这些事发生的背景。直到我在中国完成了一次长途旅行，我才找到了这个背景。

我想这是我写过的唯一一部从故事而非人物出发的小说。很难解释人物和情节之间的关系，你不可能在虚空中构思好一个人物，你想到他的那一刻，他就一定是在某个场合中，做着某件事情。因此，一个人物，以及至少他的主要行为，二者似乎是同时在想象中产生。但在写作这部小说时，我选取人物，去契合逐渐发展的故事，这些人物是由我在不同环境中相识已久的人构筑而成的。

写这本书时，我也遭遇了一些作家容易遇到的麻烦。最初，我把男女主角的姓氏定为莱恩，一个很常见的姓氏，但是后来发现香港有与之重姓的人。他们提起了诉讼，连载我小说的那家杂志的老板赔了二百五十英镑把事情摆平，我则把名字改成了费恩。随后，助理辅政司认为自己受到了诽谤，也威胁要提起诉讼。我很惊讶，因为在英国，我们可以把首相、坎特伯雷大主教或者大法官搬到舞台上，或是将他们用作小说中的人物，而顶着

① 意大利语：锡耶纳养育了我，而马雷马却把我毁掉。

这些崇高官职的人却丝毫不会在意。我觉得奇怪的是，一个暂居着如此微末职位的人，竟然认为自己受到了针对。不过为了少些麻烦，我还是把香港改成了一个虚构的殖民地——清延[①]。波折发生时这本书已经出版，于是又将其召回。有些精明的书评人已经收到了这本书，却以这样那样的借口拒不退还。如今这些书已经有了版本学价值，我估计大约有六十本存世，被收藏家以高价收购。

威廉·萨默塞特·毛姆

① 后续版本中又改回“香港”。

1

她发出一声惊叫。

“怎么了？”他问。

百叶窗关着，屋里一片昏暗，可他还是看到她的脸一下子布满惊恐。

“刚才有人动了下门。”

“可能是阿嬷吧，或者是哪个男仆。”

“他们从来不在这个时间过来。他们知道我午饭后会睡一会儿。”

“那还能是谁？”

“沃尔特。”她低声说，嘴唇在打战。

她指了指他的鞋。他试图把鞋穿上，但是受她影响，他也紧张起来，一时间手忙脚乱，而且他的鞋本来就偏紧。她有些不耐烦，轻声叹了一口气，递给他一个鞋拔子，然后匆匆披上晨衣，光脚走到梳妆台前。她拿梳子梳了梳凌乱的齐耳短发，这时他系好了另一只鞋，她把外套递给他。

“我怎么出去？”

“最好稍等一下，我先看看外面的动静。”

“不可能是沃尔特，他不到五点不会离开实验室的。”

“那会是谁？”

两人轻声交谈着，她浑身都在哆嗦。他发现一旦遇到紧急情况她就会惊慌失措，突然对她有些气恼。这里要是不安全，她当初又为什么要说安全？她屏住呼吸，一只手搭在他的臂上，他顺着她的目光望去。两人站在朝向走廊的窗前，百叶窗闭着，上了闩。他们看到球形的白瓷把手缓缓转动起来，而在这之前他们未曾听到走廊里有人经过。这安静的转动令人恐惧。一分钟过去了，始终没有声响。接着，又是这诡异的景象，同样隐秘、无声和恐怖，他们看到另一扇窗的白瓷把手也转动起来。凯蒂吓得魂飞魄散，张开嘴巴，就要尖叫起来。但他及时看到，立刻伸手捂住她的嘴，把叫声闷在了他的掌中。

一片沉寂。她靠着他，膝盖在颤抖，他担心她就要昏倒。他皱着眉头，紧咬牙关，把她扶到床边坐下。她面无血色，而他的脸虽然晒成了褐色，却也同样苍白。他站在她旁边，怔怔地盯着瓷把手。两人一言不发，接着他看到她哭了起来。

“拜托，别这样，”他烦躁地低声说，“做了就做了，索性脸皮厚一点。”

她寻找着手帕，他看出来了，把包递给了她。

“你的遮阳帽呢？”

“放在楼下了。”

“啊，天哪！”

“我说，你必须振作起来。那不太可能是沃尔特，他干吗要这个点回来呢？他中午从来不回家，不是吗？”

“从来没有。”

“我跟你打包票，那是阿嬷。”

她对他露出一丝笑容。他浑厚而温柔的声音让她安下心来，她拉住他的手，含情地捏着。他给她一点时间安定心神。

“听我说，我们不能一直待在这儿。”他接着说，“你好点没有，能不能到走廊上去看看？”

“我觉得我还站不住。”

“你这里有白兰地吗？”

她摇了摇头。他眉头一皱，脸色瞬间阴沉下来，变得愈发焦躁，不知道该做什么。突然间，她的手抓得更紧了。

“他会不会就等在那里？”

他勉强露出笑容，依旧保持着柔和而有说服力的语调——他很清楚自己声音的力量。

“不太可能。勇敢点，凯蒂。那怎么可能是你丈夫呢？如果他进来，在门厅看到一顶陌生的遮阳帽，上楼又发现你的房门锁上了，肯定会吵闹起来的。一定是哪个仆人，只有中国人才会那样转门把手。”

此刻她的确感觉好多了。

“就算只是阿嬷也不妙啊。”

“可以拿钱收买她，如果有必要，我再吓唬吓唬她。当政府官员没有太多好处，但总还有些用武之地。”

他说的一定没错。她站起身，向他张开双臂。他把她揽入怀里，亲吻她的唇。那是一种近乎痛苦的狂喜——她深深迷恋着他。他松开了手，她走到窗边，滑开窗闩，把百叶窗稍稍打开，向外望去。一个人影都没有。她轻轻踏上走廊，望向丈夫的更衣室，又看了一眼自己的起居室，两边都空空如也。她回到卧室，向他招手。

“没有人。”

“依我看是我们都眼花了。”

“别笑，我很害怕。先去我的起居室坐一下，我要穿上鞋袜。”

2

他依照她的吩咐而行，五分钟后她来了，他正抽着烟。

“我说，能给我来点白兰地配苏打水吗？”

“好，我这就按铃。”

“看样子不会有什么麻烦找上你的。”

两人沉默不语，等待男仆过来。随后她便吩咐下去。

“给实验室打个电话，问问沃尔特在不在。”她说道，“他们听不出你的声音。”

他拿起听筒，要了号码，询问费恩医生在不在，随后放下了听筒。

“他午饭之后就不在了。”他告诉凯蒂，“问问仆人他回来过没有。”

“我不敢问，要是他回来过我却没看见他，那就太滑稽了。”

男仆送来了饮品，汤森径自喝起来。他问凯蒂要不要，凯蒂摇了摇头。

“如果那真是沃尔特，该怎么办？”她问。

"或许他不会在意。"

"你说沃尔特？"

她的语调透着难以置信。

"他给我的印象一直是有点腼腆。你知道，有些男人受不了跟人翻脸。他有足够的理智，知道闹出丑闻来对谁都没好处。我认为那不会是沃尔特，不过就算是，我也觉得他什么都不会做。我觉得他会假装不知道。"

她沉思了一会儿。

"他特别特别爱我。"

"嗯，那就更好了，你能吃得住他。"

他朝她露出一个迷人的微笑，那是她一直无法抗拒的。那是一个徐徐展开的笑容，从他清澈的蓝眼睛开始，画出一条可见的弧线，直至他线条优美的嘴角。他有着小而洁白的整齐的牙齿。那是一个诱惑的微笑，令她的心融化在身体里。

"我不是很在乎，"她眼中闪过一丝欢愉之色，"这值得。"

"是我的错。"

"那你为什么要来？见到你我挺惊讶的。"

"我抵抗不了这个想法。"

"哦，亲爱的。"

她稍稍向他探身，明亮的黑眼睛深情地凝视着他，双唇微启，充满渴望，他伸出双臂搂住了她。她发出一声迷醉的叹息，沉陷在他的怀抱里。

"有我在，你就放心好了。"他说。

“跟你在一起好快乐，但愿我也可以带给你一样的快乐。”

“你不害怕了？”

“我讨厌沃尔特。”她回答。

他不太知道该怎样接这句话，于是吻了她。她的脸非常柔软，与他的脸贴着。

而就在这时，他抬起她的手腕，上面戴着一只小巧的金表，他看了一眼时间。

“你知道我现在必须要做什么吗？”

“开溜？”她笑着说。

他点了点头。她立刻与他拥得更紧，但感觉到了他的去意，于是放开了他。

“你这样玩忽职守可真不像话，赶紧走吧。”

他总是忍不住要调一调情。

“你好像特别急着要甩掉我呢。”他轻描淡写地说。

“你知道我有多舍不得你走。”

她的回答微弱、低沉而认真。他心满意足地笑了。

“关于我们这位神秘访客，你那漂亮的小脑瓜就不要胡思乱想了。我敢肯定那是阿嬷。就算有什么麻烦，我也保证可以帮你摆平。”

“你很有经验吗？”

他被逗得露出沾沾自喜的笑容。

“那倒没有，但别说我自夸，我脖子上这颗脑袋可不是白长的。”

3

她来到走廊，目送着他离去。他向她挥了挥手，她看着他，一颗心怦怦直跳。他四十一岁了，却有着少年般柔韧的身形和轻盈的步履。

走廊正当阴凉，她的心懒洋洋的，爱的满足令她恬然自在，她徜徉着。他们的房子坐落在快乐谷，位于半山腰，因为他们住不起更合心意却更昂贵的山顶。然而她每每心不在焉地凝望，也很少注意到碧蓝的大海和港口拥挤的船只，满脑子想的只有她的情人。

当然，那天午后两人的所作所为是愚蠢的，但如果他想要她，她又如何慎重呢？他午饭后来过两三次了，那时天气炎热，没人想出门，连男仆也没看见他出入。在香港的生活难受极了。她讨厌这座中国城市，每次走进域多利道那栋脏兮兮的小房子幽会都令她紧张。那是一间古玩铺，附近闲坐的中国人打量得她很不自在。一个老头把她领到店铺后面，再上一段昏暗的楼梯，她讨厌他脸上谄媚的笑容。老头把她带进一个散发着霉臭的房间，墙边的那张大木床令她不寒而栗。

“这地方太恶心了。”第一次在那儿相会时她对查理说。

“你进来之前的确如此。”他回答。

的确，他把她揽入怀中的一刻，她便忘却了一切。

啊，可恨她不是自由之身，他们两人都不是自由之身！她不喜欢他太太。凯蒂飘游的思绪一时间停在了多萝西·汤森身上。叫多萝西这个名字多么不幸啊！一听就很老气。她起码有三十八岁。可是查理从来没有说起过她。他当然没把她放在心上，她让他烦得要死。但他是个绅士。凯蒂露出亲昵而嘲讽的笑容：他就是这么个人，迂腐的老家伙，他可以对她不忠，但绝不允许自己嘴里吐露半句贬低她的话。她个子挺高，比凯蒂要高，不胖不瘦，一头浓密的浅棕色头发。她全身上下从来没有什么地方称得上美，除了还算年轻。她五官端正，但是平平无奇，一双蓝眼睛冷冰冰的。她的皮肤令你不想多看一眼，双颊没有血色。而且她穿得就像——嗯，像她的身份一样，香港助理辅政司夫人。凯蒂笑了，微微耸了耸肩。

当然，没人否认，多萝西·汤森有着好听的嗓音。她是一位出色的母亲，查理总是这样说她，她就是凯蒂母亲口中的那种淑女。但凯蒂不喜欢她。她不喜欢她漫不经心的态度，还有去她家喝茶或吃饭时她待人的礼貌，那种礼貌令人恼火，因为你只能从中感觉到她对你毫无兴趣。事实上，凯蒂觉得，她除了自己的孩子什么也不关心：两个男孩儿在英国上学，还有一个六岁的男孩儿她准备明年送回去。她的脸是一副面具，总是挂着微笑，用友善、得体的方式说着她该说的话，但她那热情友好的言辞却拒人千里。她在香港有几个亲密的朋友，个个都十分钦佩她。凯蒂想知道汤森太太是不是觉得她出身有些平庸，想到这她脸红了。不过说到底，多萝西还是没理由端架子。没错，她父亲曾经当过殖民地总督，在任的时候的确是非常气派的——走进房间的时候，所有人都会起立；坐车经过时，男人们都要脱帽致意——但是还有什么人比一个退了休的殖民地总督更微不足道呢？多萝西·汤森的父亲住在伯爵府区的一栋小房子里，靠养老金过活。凯蒂的母亲如果受邀做客，一定会觉得无聊透顶。凯蒂的父亲伯纳德·贾斯汀是皇家法律顾问，说不定有朝一日就能当上法官。总之，他们是住南肯辛顿[1]的。

① 南肯辛顿，英国伦敦著名的富人区。

4

凯蒂刚一结婚便来到香港，她发现自己很难接受这样一个事实，即她的社会地位是由丈夫的职业决定的。当然，每一个人都很友善，两三个月以来，他们几乎每晚都出去参加聚会。参加总督府的晚宴时，总督像接待新娘子一样接待了她。但是她很快便明白了，作为政府雇用的细菌学家的妻子，她是个无足轻重的人，这令她气愤。

“太荒唐了，”她对丈夫说，“这儿简直连一个值得花五分钟应酬的人都找不到，母亲做梦也不会想到请他们任何一个来我们家吃饭的。”

“不要为这种事烦恼，”他回答，“没什么大不了的。”

“当然没什么大不了的，这只能说明他们有多愚蠢，但是你想想原先常去我们家的那些人，再看看我们在这儿被人当作粪土一样对待，这可就好笑了。”

“从社交的角度看，搞科学的人跟不存在没两样。”他笑着说。

她现在知道了，可是嫁给他的时候她还不知道。

“我都没想到，被半岛东方轮船公司的代理请去吃晚饭能让我这么开心。”她笑起来，想让她说的话显得没那么势利。

他或许是看出了她轻松的态度背后的责备，拉过她的手，小心地捏了捏。

“我非常抱歉，凯蒂宝贝，但是别让这件事困扰你了。”

“噢，我不会让它困扰我的。”

5

那天下午不会是沃尔特，一定是某个仆人，而且他们就算知道也不打紧，反正中国仆人什么事情都知道，但是他们管得住嘴。

想起那白瓷把手缓缓转动的画面，她的心跳加快了一点。他们绝不能再像那样冒险，还是去古玩铺好些。看到她进去别人不会多想，他们在那里绝对安全。店铺的主人知道查理是什么人，他不是傻子，不会让助理辅政司难堪。只要查理爱她，还有什么真正要紧的事情呢？

她转身离开走廊，回到起居室。往沙发上一躺，伸手去拿烟，这时她瞥见放在一本书上的纸条。她展开纸条，上面的字是用铅笔写的。

亲爱的凯蒂：

这是你要的书。我正要送来时遇到了费恩博士，他说他正好路过自己家，可以捎过去。

V. H.

她按了铃，男仆过来后，她问是谁在何时把这本书拿来的。

“是老爷拿来的，太太，在午饭后。”他回答道。

那么就是沃尔特了。她立刻给辅政司办公室打电话，要查理接听。她把刚刚知道的事情告诉了他，他沉默了一会儿。

“我该怎么办？”她问。

“我正在开一个重要的会议，恐怕现在没法跟你说话。我给你的建议是静观其变。”

她放下听筒，明白他现在身边有人，她对他的公务十分不耐烦。

她重新坐下，靠在书桌前，双手托腮，想要理清来龙去脉。当然，沃尔特可能只是以为她在睡觉——她没理由不锁上房门。她努力回想是否跟查理说过话，可以肯定的是没有大声说话。还有那顶帽子，查理把它留在楼下简直要把人逼疯。可是责怪他又有什么用呢，那个举动很自然，而且没有迹象表明沃尔特注意到了它。他可能只是匆匆路过，把书和字条放下就继续赶去处理工作上的事情去了。奇怪的是，他竟试过开门，然后又试了两扇窗户，如果认为她在睡觉，他是不太可能打扰她的。她真是太愚蠢了！

她抖了抖身体，又感受到每次想起查理时内心那种甜蜜的痛苦。这是值得的。他说过，他会和她站在一起，如果最坏的情况发生的话……就由着沃尔特去大吵大闹吧，要是他想这样的话。她已经有了查理，还有什么好在乎的？或许他知道了最好。她从没在乎过沃尔特，自从爱上了查理·汤森，忍受丈夫爱抚令她恼怒和厌烦。她想要跟他划清界限。她想不到他能拿出什么证据，如果他谴责她，她就否认；要是到了无可否认的地步，那好，她就把真相甩到他脸上，然后他可以自己选择要怎么做。

6

结婚不到三个月，她就知道她犯了一个错误，不过这多半要怪她母亲，而非她自己。

房间里有一张母亲的照片，凯蒂焦躁的目光落在了上面。她不知道自己为什么把它放在那里，因为她并不是很喜欢母亲。家里还有一张她父亲的照片，在楼下的三角钢琴上。那是他被任命为皇家法律顾问时拍的，照片里的他头戴假发，身穿长袍。可即便如此穿戴也没能让他显得气派些，他是一个瘦小干瘪的男人，眼神疲惫，上唇偏长，嘴唇单薄。当时那个诙谐的摄影师要他表现得开心一些，可他却只摆出了一副严肃相。下垂的嘴角和沮丧的眼神总会给他笼上一层淡淡的忧郁，贾斯汀太太认为正是这让他看起来公正严明，所以从样片中选中了这一张。而自己的那张照片中，她身上正是丈夫被任命为皇家法律顾问时她同赴宫廷所穿的礼服。一身天鹅绒长袍雍容华贵，长长的裙摆令她分外夺目。她头上插着翎毛，手捧鲜花，身体挺得很直。

她是一个五十岁的女人，身材瘦削，平胸，长着凸出的颧骨和大而匀称的鼻子。她浓密的黑发异常光滑，凯蒂一直怀疑她就算没有染过，至少也精心打理过。她那双有神的黑眼睛永不止息，这是她最引人注目的地方，因为当她和你说话的时候，那张冷淡、平整的黄脸上一双不安分的眼睛转动着，会搅得你心神不宁。它们从你身体的一部分移到另一部分，转向房间里的其他人，然后再回到你身上，你会觉得她在挑剔你，在评价你，同时还留意着周遭发生的一切，她所说的话跟她所想的东西毫无关联。

7

贾斯汀太太是一个苛刻冷酷、善于经营、野心勃勃、吝啬且愚蠢的女人。她是利物浦一名律师的五个女儿之一，伯纳德·贾斯汀是在北方巡回法庭工作时认识的她。当时他看起来是一个前途大好的青年，她父亲说他将会飞黄腾达。然而他没有。他刻苦、勤奋、能干，但他没有上进心。贾斯汀太太瞧不起他，但她发现，尽管心里愤愤不平，自己却只能借助他来取得成功，于是她便开始鞭策他走她想走的路。她毫不心软地唠叨他。她发现，如果想让他去做他敏感的内心所抵触的事情，就必须让他不得安宁，等到最后精疲力尽，他就会让步。在自己这一边，她开始着手结交可能有用的人。她奉承那些能给丈夫发来辩护委托的事务律师，跟他们的太太混熟。她对法官及其夫人极尽阿谀之能事，对待有前途的政客亦如此。

二十五年来，贾斯汀太太从未因为喜欢一个人而邀请他到家里吃过饭。她定期举办大型晚宴，但是她身上的吝啬不亚于野心，她讨厌花钱。她为只用别人一半的钱营造出同样的排场而沾沾自喜。她的晚餐漫长、精致，却俭省，她从来不相信人们边吃边聊的时候还会清楚他们喝的是什么。她用餐巾包着发泡摩泽尔白葡萄酒，认为她的客人们会把它当作香槟。

伯纳德·贾斯汀有一间中规中矩的事务所，那些后起之秀已经远远超过了他。贾斯汀太太让他竞选议员，选举的开支由政党承担，但是她的吝啬却又阻碍了她的雄心，她没办法狠下心在选区上花足钱。相对于数目庞大的竞选基金而言，伯纳德·贾斯汀获取的捐资总是略显不足。他被击败了。假如能做议员夫人会令贾斯汀太太非常满足，但面对落选的结果，她还是咬着牙忍受着失望。丈夫的参选使她接触了许多名流，增加了她的社交影响力，这一点令她满意。她知道伯纳德永远没法在议会出人头地，敦促他参选只是希望借此赢得党内对他的感激，只要为了两三个遥不可及的席位拼一拼即可办到。

但他仍然是一个低级律师，而很多比他年轻的人都已被聘为皇家法律顾问。他也有此必要，否则就几乎无望成为法官，此外也是为了她——走在比她小十岁的女人身后赴宴令她蒙羞。然而在这件事上，她遇到了丈夫多年未见的固执。他担心当上皇家法律顾问后会接不到工作。他告诉她，一鸟在手胜过二鸟在林，她则反驳说谚语是精神贫瘠者最后的避难所。他提醒她自己的收入有可能减半，他知道对她来说没有比这更有分量的理由。她仍然不听，说他怯懦。她搅得他不得安宁，终于，如往常一样，他让步了。他申请成为皇家法律顾问，很快就获准了。

他的顾虑是有道理的。他没能利用这个崇高身份取得什么进展，接到的辩护委托也很少。但是他的沮丧一点都没有显露出来，如果说他责怪妻子，那也是在心里。他似乎变得更加沉默寡言了，不过他原本在家就很少说话，所以家人都没有注意到他的变化。他的女儿们只把他视作收入的来源，除此之外什么也不是。为了给她们提供食宿、衣物、度假和零用钱，他就应该当牛做马，这一直被视为理所当然的。而现在，了解到由于他的过错，钱变少了，她们原本对他的漠然态度中又夹杂了些许恼怒和轻蔑。她们从未想过问一问自己，这个每天清早出门，天黑才能赶回来更衣吃饭的闷闷不乐的小男人有什么感受。他对她们来说是个陌生人，但因为他是她们的父亲，她们认为他理所当然应该爱她们、宠她们。

8

不过贾斯汀太太身上有一种勇气是令人钦佩的。她从不让社交圈里的任何人——对她来说那就是全世界——看到她希望受挫后的窘迫。她没有改变自己的生活方式，通过精打细算，她依然可以组织以前那种排场的晚宴，与朋友见面时也仍旧带着她长久以来培养出的快活劲儿。她有聊不完的流言八卦，在社交场上十分吃得开。在那些不善闲聊的人们之间，有她做客用处就大了，因为她面对新话题从来不会没话说，总能用合适的见解迅速打破尴尬的沉默。

现在看来，伯纳德·贾斯汀可能永远当不上高等法院的法官了，但他仍然希望获得郡法院的法官职位，最不济也要在殖民地获得任命。这时候，她满意地见到丈夫被任命为威尔士一座城镇的刑事法院法官。不过她的希望已经寄托在女儿们身上了，她期望通过为她们安排好的婚姻来补偿自己事业上的种种失落。她有两个女儿，凯蒂和多丽丝。多丽丝的相貌乏善可陈，鼻子太长，身材也不匀称。所以只要她嫁给一个家境殷实、工作体面的年轻人，贾斯汀太太便不再抱更多奢望。

然而凯蒂是一个美人。她还是孩子时就能看得出来。她有一双乌溜溜的大眼睛，清澈而灵动，一头棕色鬈发微微泛红，齿若编贝，肤如凝脂。但她的五官并不是太好看，因为她的下巴太方了，鼻子虽不像多丽丝那样长，却也太大了些。她的美很大程度上有赖于她的青春，贾斯汀太太意识到，她必须在少女的第一抹红晕绽放双颊的时候嫁出去。长大后步入社交场，她果然出落得美丽动人：她的肌肤依然是她最美的地方，而她长睫毛映衬下的眼睛灿若星辰，又温柔似水，看一眼便会叫人魂不守舍。她有一种迷人的快活气质，乐于取悦他人。贾斯汀太太把所有的感情都倾注到她身上，一种她能做到的，严厉、称职、精打细算的爱。她做起了雄心勃勃的梦——她为女儿谋求的不只是一段良缘，而是一桩辉煌的婚姻。

凯蒂从小就知道自己将会成为一个美丽的女人，对母亲的野心也心知肚明——那和她自身的愿望是一致的。自从她在社交场上亮相，贾斯汀太太便施展手腕，令她频频受邀参加有可能遇到如意郎君的舞会。凯蒂是那里的宠儿，她既美丽又风趣，很快就有大把的男人爱上了她，只是没有一个合适的。凯蒂对所有人施展魅力，保持友善，同时又留心不委身于任何一个人。每个星期天下午，南肯辛顿的客厅里挤满了多情的青年，贾斯汀太太观察着，带着冷飕飕的赞许的微笑，她发现根本不需要她插手，就能让那些年轻人跟凯蒂保持距离。凯蒂愿意跟他们调情，也乐于叫他们争风吃醋，可是一旦他们向她求婚——没有一个人不这样——她就会圆滑而果断地拒绝他们。

她的第一个社交季过去了，没有完美的追求者出现。第二年亦然，但她还年轻，还等得起。贾斯汀太太对她的朋友们说，她觉得一个女孩子在二十一岁之前就结婚挺可怜的。然而，第三年过去了，接着又是第四年。两三个旧日的仰慕者再次向她求婚，但他们仍然一文不名。此外求婚的还有一两个比她年轻的小伙子。一个退休的印度文官，二等勋爵，也向她求了婚——他已五十三岁。凯蒂依旧是舞会的常客，她去温布尔登网球场，去贵族板球场，去阿斯科特赛马场和亨利镇的赛舟会，她完全乐在其中，但是仍然没有地位和收入令人满意的人向她求婚。贾斯汀太太开始感到不安，她注意到凯蒂已经开始吸引四十多岁的男人了。她提醒女儿，再有一两年她就没这么漂亮了，而总有年轻女孩儿源源不断地冒出来。贾斯汀太太在家里说起这些从不避讳，她尖刻地警告女儿，她就要错过她的市场了。

凯蒂耸了耸肩。她觉得自己一直都这么漂亮，或许还更漂亮了些，因为在这四年里她学会了怎样穿衣打扮，她还有的是时间。如果她想要为了结婚而结婚，随时都会有一大把小伙子跳出来。如意郎君迟早会来的。但是贾斯汀太太对情况的判断更加敏锐。带着对美丽女儿错过时机的气愤，她降低了一点标准。她把目光重新投向她曾经不屑一顾的职业阶层，想物色一个前途光明的年轻律师或者商人。

凯蒂到了二十五岁，仍然没有结婚。贾斯汀太太非常恼火，经常动不动就给凯蒂脸色看。她问凯蒂还想让父亲养多久，为了给她创造机会，他已经花掉了他负担不起的钱，但她还是没有抓住。贾斯汀太太从来没有想过，或许是她自己那份生硬的殷勤吓退了男人们，对于富家子弟或者爵位继承人，她总是过分热情地招呼他们来做客。她把凯蒂的失败归结为愚蠢。这时候，多丽丝也出场了。她还是长着那只长鼻子，身材不佳，舞跳得也不好。在她的第一个社交季她就跟杰弗里·丹尼森订婚了。他是一位显赫的外科医生的独子，他父亲在战争期间被封为准男爵。杰弗里将会继承这个爵位——做医生的准男爵算不上多么气派，可是谢天谢地，爵位总归是爵位——还有一笔丰厚的财产。

惊慌之中，凯蒂嫁给了沃尔特·费恩。

9

她与他相识不久，从未多留意他。她想不起何时何地与他第一次见面，直到订婚后他告诉她，是在一次朋友带他去的舞会上。那时候她当然没有把注意力放在他身上，如果两人跳过舞，那也是因为她平易近人，任谁邀请都会欣然应允。一两天后，在另一场舞会上他走过来和她说话，她当时觉得与此人素未谋面。随后她注意到，他出现在了每一场她参加的舞会上。

“你知道，我现在起码已经跟你跳过十几次舞了，你总得告诉我你的名字吧。”她终于用一贯的嬉笑口吻对他说。

他明显吃了一惊。

“你是说你不知道我的名字？别人向你介绍过我的。”

“啊，可是人们说话总是含糊不清。你要是对我的名字没有一丝印象，我也完全不意外。”

他向她露出微笑。他面容文雅，略带严厉，但笑容却很甜。

“我当然知道，”他沉默了一会儿，接着问道，“你不感到好奇吗？”

"跟大多数女人一样。"

"你没想过问问别人我叫什么吗?"

她感觉有点好笑,纳闷他为什么会觉得自己会对他产生一丁点儿兴趣,但是她一贯喜欢取悦于人,于是带着灿烂的微笑看着他,美丽的眼睛如林木下的一池露水,含着迷人的善意。

"好吧,你叫什么?"

"沃尔特·费恩。"

她不明白他为什么要来这些舞会,他跳得不怎么好,认识的人似乎也不多。她闪过一个想法,他爱上她了,但又耸耸肩,打消了这个念头——她认识一些女孩儿,觉得遇到的每一个男人都爱上了自己,她觉得她们很荒唐。但是她给了沃尔特·费恩稍微多一点的关注。他与其他爱上她的青年截然不同。其他人大多不加掩饰地向她倾吐衷肠,想要吻她——许多人这样做了。但是沃尔特·费恩从不谈及她,也极少说到自己。他有点沉默寡言,而她并不介意,因为她有的是可说的,有时她胡乱开个玩笑,看到他笑起来,她也感到开心。而他一旦开口说话,则从来不带傻气。他显然很腼腆。他似乎在东方生活,现在正回来休假。

一个星期天下午,他出现在凯蒂南肯辛顿的家里。那里有十来个人,他坐了一会儿,有些不自在,于是便走了。她母亲后来问她那人是谁。

"我也不清楚,是你请他来的吗?"

"对,我是在巴德利家遇到他的。他说在很多舞会上见过你。我说我每个星期天都在家办招待会。"

“他叫费恩，在东方做着点儿什么工作。”

“对，他是个医生。他是不是爱上你了？”

“说真的，我不知道。”

“到了现在，哪个年轻人爱上你，你心里总该有点儿数了。”

“就算是这样，我也不会嫁给他。”凯蒂轻描淡写地说。

贾斯汀太太没有回应，她的沉默中充满了不悦。凯蒂脸红了，她知道母亲现在已经不在乎她嫁给谁，只要能把她脱手就行了。

10

接下来的一周里，她又在三场舞会上遇到了他，他的羞涩似乎少了一些，变得更健谈了点儿。他是个医生，但是并不执业。他是个细菌学家（凯蒂对此只有很模糊的概念），在香港有一份工作，秋天就会回去。他谈了很多有关中国的事情。她习惯于对别人跟她讲的任何东西都表现出兴趣，但香港的生活听起来的确很有意思，那里有俱乐部、网球、赛马、马球和高尔夫。

“那边的人经常跳舞吗？”

“是的，经常跳。”

她想知道他告诉自己这些是否出于什么动机。他似乎喜欢她的社交圈子，但从未用一个手势、一个眼神或一句话，表现出一点点把她视作舞会上遇到的舞伴之外的意思。随后的那个星期天，他又来到她家。她的父亲恰好进来，外面在下雨，他没能打成高尔夫球，他跟沃尔特·费恩聊了很久。凯蒂后来问父亲他们聊了些什么。

“他好像是派驻到香港的，那儿的首席大法官是我律师界的老朋友。他看起来是个特别聪明的年轻人。”

她知道，父亲常常被那些他为了她和她妹妹的缘故不得已而招待的青年烦得要死。

“你很少喜欢围在我身边的那些年轻人啊，父亲。”她说。

他慈祥、疲惫的双眼凝视着她。

“你有可能嫁给他吗？”

“当然没有。”

“他爱你吗？”

“他没有任何表示。”

“那你喜欢他吗？”

“谈不上多喜欢，他有点招我烦。”

他完全不是她喜欢的类型。他个子矮，但不敦实，而是略显瘦弱；他肤色偏暗，胡子刮得干干净净，五官十分端正和清晰。他的眼睛近乎黑色，但是不大，也不是很灵动，目光总是异常执着地停驻在事物上，那是一双充满好奇的眼睛，但并不十分讨人喜欢。鼻子小且直，眉毛细长，嘴型漂亮，他本该长得很好看，但意外的是他没有。当凯蒂开始回想这个人时，她惊讶地发现，如果一个个单独看的话，他有着那么好的五官，但合在一起却远称不上英俊。他面容冷淡，表情略带嘲讽，如今凯蒂和他更熟了一些，才发觉跟他相处不太自在。他死气沉沉的。

这一季临近尾声时，两人已经见过很多面，但是他一直保持着那份冷淡和高深莫测。其实他跟凯蒂相处时算不上羞涩，而是尴尬，他聊天时总是出奇地缺乏人情味儿。凯蒂下了结论，他根本就不爱她。他喜欢她，觉得跟她聊天很轻松，但等他十一月回到中国以后就不会再想起她。她觉得很可能他早就跟香港医院里的某个护士订婚了，一个牧师的女儿，沉闷、朴素、笨手笨脚而又吃苦耐劳，那种人最适合做他的妻子。

接着，多丽丝与杰弗里·丹尼森宣布订婚了。多丽丝十八岁，嫁得那么好，而凯蒂已二十五岁，却还是单身。万一她永远嫁不出去怎么办？那个社交季，唯一一个向她求婚的是个还在牛津读书的二十岁小伙子，她不能嫁给一个比自己小五岁的男孩儿。她把事情搞砸了。去年她拒绝了一位有三个孩子的丧妻的巴斯爵士，她已经有点儿后悔。母亲现在更不会给她好脸色了，而多丽丝，以前一直为了姐姐理想中的美满姻缘而被牺牲，这下绝不会放过对她幸灾乐祸的机会。凯蒂的心沉了下去。

11

一天下午，她正从哈罗德百货走回家时，在布拉姆顿大街偶遇了沃尔特·费恩。他停下脚步，跟她聊起来，然后随口问她愿不愿意跟他去公园里转转。她也没有多想回家——那里现在可不是什么舒心的地方。两人一起漫步，如往常一样聊着家常，他问她夏天准备去哪里。

“我们总是去乡下幽居，你知道，我父亲忙完了一期的工作很疲惫，我们会尽可能找个安静的地方。”

凯蒂言不由衷，因为她很清楚父亲没有那么多工作令他疲惫，就算有，他的舒适也从来不是选择假期去处时所考量的因素。不过宁静的地方往往是便宜的地方。

“你不觉得那儿的椅子挺吸引人吗？”沃尔特突然说。

凯蒂随着他的目光看到，就在两人身旁树下的草地上有两把绿色的椅子。

“我们去坐一会儿吧。”她说。

可他们坐下之后，沃尔特似乎变得魂不守舍起来。他是个古怪的人。然而凯蒂依然轻松地聊着，纳闷他为什么邀自己陪他在公园散步。或许沃尔特是要向她倾吐对那位笨手笨脚的护士的衷情。他突然转向她，打断了她的话，她发现他没在听自己说话，而且面色惨白。

“我有话想对你说。”

凯蒂很快看了他一眼，发现他眼中充满痛苦的焦灼。

他的声音紧张、低沉，不太平稳。凯蒂还没搞明白他为何如此焦虑不安，他又开口说道：

“我想问你愿不愿意嫁给我。”

“你真是吓到我了！”她太过惊讶，一脸茫然地望着他。

“你不知道我深爱着你吗？”

“你从来没表露过。”

“我是一个非常笨拙的人。我总是觉得，说出自己的心里话比言不由衷更难。”

她心跳加快了一些。她以前常常被人求婚，但总是轻松愉快或者细腻多情，她也以同样的方式回应。从来没有一个人的求婚如此生硬，却又带着奇异的伤感。

“你真好。”她含糊其词地说。

“第一次见到你时，我就爱上了你。我先前就想向你求婚，但是一直没能鼓起勇气。”

“我也不确定你这样做好不好。”她轻声笑起来。

她很高兴有这个机会说笑一番，因为在这个晴朗之日，周遭的气氛突然凝重了起来，似乎笼罩着不祥的预感。他阴郁地皱起眉头。

“你知道我的意思，我不想失去希望。可是现在你就要走了，而秋天我就得回中国。”

“我从来没从那方面想过你。”她无助地说。

沃尔特不再说话，忧郁地低下头，看着草地。他是一个非常古怪的人。但是现在他表明了心意，她以某种神秘的方式感觉到，他的爱是她此前从未遇到过的。她有一点害怕，但又感到兴奋。他的木然给人的内心以隐隐的触动。

“你得给我时间想想。”

他仍然不发一言，一动不动地坐着。他是想把她晾在那里，直到她做出决定吗？太荒唐了。她必须跟母亲商量这件事。她说这话的时候本该站起来的，可她以为他会回应，而此时此刻，不知为什么，她感觉难以动弹。她没有看他，但在脑海中勾画着他的外貌，她从未设想过自己会嫁给一个仅比自己高这么一点点的男人。当你坐近他时，可以看到他的五官长得多么好看，他的面容又多么冷漠。奇怪的是，你会不由自主地感受到他的内心蕴藏着强烈的激情。

“我不了解你，我一点儿都不了解你。”她声音颤抖着说。

他看了她一眼，她感觉自己的目光被他的双眼吸引过去。

那双眼睛含着她从未从中见到过的温柔，但其中还有某种哀求，像是被鞭打过的狗的眼神，这让她略微有些恼火。

“我想多接触些就会好了。”他说。

“你太羞涩了，不是吗？”

这绝对是她经历过的最古怪的求婚。即便现在，她也觉得两人间的对话是这种场合完全无法想象的。她一点儿都不爱他。不知道为什么，她犹豫着没有立刻拒绝他。

“我太笨了，”他说，“我想告诉你，我爱你胜过这世间的一切，但我觉得这话很难说出口。”

又是一个古怪的时刻，这话莫名地触动了她。他当然不是真的冷漠，只是他的风格不讨喜。那一刻，她比从前任何时候都更喜欢他。多丽丝将在十一月成婚，而那时他已在赴中国的路上，如果嫁给他，就可以和他一起走。在多丽丝的婚礼上做伴娘的滋味可不好受，如果能躲过此劫她会很高兴。那时候多丽丝已嫁为人妇，而自己却还是单身！人们都知道多丽丝有多年轻，那会让她显得更老，更嫁不出去。对她来说，这未必是一段非常好的婚姻，但毕竟是结了婚，而且住在中国会让她更好过些。她害怕母亲的毒舌。唉，当年跟她一起出来的女孩儿们早就全都嫁人了，大部分都有了孩子。她厌倦了去看望她们，还要滔滔不绝地聊她们的孩子。沃尔特·费恩向她提出了一种新生活。她面向他，露出微笑，她知道那微笑的力量。

“假如我就这么轻率地答应嫁给你，你想要什么时候娶我？”

他突然欣喜地猛吸了一口气，苍白的面颊涨红了起来。

“现在，马上，越快越好。我们去意大利度蜜月，八月和九月。”

这样一来，她就不用和父母一起，在租金五几尼一周的乡村牧师住宅里度过夏天了。一瞬间，她眼前浮现出《晨报》上的一则公告：由于新郎需要返回东方，婚礼将即刻举行。她太了解母亲了，她肯定会大肆张罗的，至少那段时间多丽丝将会是她的陪衬，而等到多丽丝更加盛大的婚礼举行之时，她早就已经跑得远远的。

她伸出一只手。

“我觉得我非常喜欢你，你必须给我时间熟悉你。”

“那么你答应了？”他打断她问道。

“我想是的。”

12

当时她对沃尔特所知甚少，而现在，虽然两人结婚已近两年，她对他的了解也没有增加多少。最初，他的善意打动了她，他的激情令她受宠若惊。他极其体贴，对她呵护备至。她只要略微表达出什么意愿，他就会快马加鞭地去满足。他源源不断地送她小礼物。她不舒服的时候，没有人能比他更温柔更贴心。每当她给他机会为她做一些令人厌烦的事情时，就好像是赐给他恩惠一样。而且他总是格外礼貌，她进屋时他会站起来；下车时他会扶着她的手；如果在街上碰见她，他会摘下帽子；她走出房间时他会殷勤地为她开门；进她的卧室或起居室他从来不会不敲门。他待她不像凯蒂所见的大部分男人对待妻子那样，而仿佛她是乡间宅第里的贵宾。这让人舒心，却也有点滑稽。要是他再随意一些，她会觉得跟他相处更自在。夫妻关系也没能将她与沃尔特拉得更近。那时候他热情、激烈，有点古怪的歇斯底里，还多愁善感。

她发现了他实际上有多么情绪化，并为此感到不安。他的自控缘于羞涩或者长期的训练，她也不知道究竟是出于其中哪种原因。在她看来有一点点可鄙的是，当她卧在他的臂弯里，他感到心满意足的时候，这个如此谨言慎行、如此害怕出丑的男人会用小孩儿撒娇的口吻跟她说话。有一次她取笑他，说他讲话肉麻得要命，这深深伤到了他。她感觉到他搂着自己的手臂蔫了下去，他沉默了一会儿，然后一言不发地松开了她，回到了自己的房间。她不想伤害他的感情，一两天后对他说道：

“你这个愚蠢的老家伙，我才不介意你跟我胡说八道些什么。”

他羞赧地笑了。她很快发现他有种不幸的缺陷，他没有办法浑然忘我——他太自持了。每当聚会时，所有人都开始放声欢歌，沃尔特却从来都无法融入。他微笑着坐在那里，表现出乐在其中的样子，但他的笑容是装出来的。那更像是一种嘲笑，令你不禁觉得，在他眼里那些放浪形骸的人就像一群傻子。他对凯蒂兴致勃勃地玩的那些轮盘游戏提不起兴趣。在赴中国的途中，他断然拒绝穿上每一个人都穿的化装舞会的华服。很明显，他觉得整件事都很无聊，这扫了她的兴。

凯蒂很活泼，愿意一天到晚地闲聊，动辄开怀大笑。沃尔特的沉默令她难堪。对于她随口说的一些无甚意义的话，他常常没有回应，她为此恼火。的确，这些话并不需要回答，但是有回应还是比没有更让人舒服。如果下着雨，她会说：“真是倾盆大雨呀。”她希望他说：“可不是嘛。”而他却一言不发。有时候她甚至想摇晃摇晃他。

“我说，真是场倾盆大雨啊。”她重复道。

“我听见了。”他回答，脸上挂着温柔的微笑。

看起来他并非存心要惹恼她，不说话是因为无话可说。但是，如果因为没什么可说的，于是便没人说话，凯蒂微笑沉思，那么人类很快就会失语。

13

事实当然是，他没有魅力。所以他并不受欢迎，她来到香港没多久便发现了这一点。她对他工作的所知非常模糊，但已清楚地认识到，做一名政府细菌学家不是什么美差，知道这个就足够了。他似乎无意与她探讨生活中的这一部分。起初凯蒂对什么都怀着兴趣，于是问过有关他工作的事。他总是开个玩笑敷衍过去。

“非常枯燥，都是技术活，”他有一次如此说道，“而且报酬少得可怜。”

他非常矜持。凯蒂对他过往的一切了解，他的出生、求学和遇到她之前的生活，都是靠直接询问才得知的。很奇怪，似乎唯一惹他心烦的事情就是问他问题，每当她天性使然，好奇地向他连珠炮般地发问时，他的回答会变得一个比一个生硬。她颇有识人之明，看得出他不喜欢回答不是因为有什么事情瞒着她，而仅仅是出于内敛的天性。谈论自己让他觉得无趣，也令他感到羞涩和不自在。他不知道怎样才能更加开朗。他喜欢阅读，但读的书在凯蒂看来非常枯燥。如果他不用忙于研读科学论文，就会读一些有关中国的或者历史方面的著作。他从不放松，凯蒂觉得他根本就不会。他喜欢竞技运动，打网球和桥牌。

她纳闷他为什么会爱上自己。对于这个克制、冷淡、矜持的人，她想不出还有谁比自己更不适合他。然而确凿无疑的是，他爱她爱得发狂，愿意做这世上的任何事情来取悦她。他对她百依百顺。当她想到沃尔特展露给她的这一面——只有她能看到的这一面——不禁对他有一点鄙夷。她想知道，他用讥讽的态度轻蔑地忍耐着许多她所欣赏的人与事，是否只是一副假相，为了掩饰内心深处的虚弱。她认为他很聪明，每个人似乎都这样认为，但是除了极偶尔和两三个他喜欢的人在一起，并且兴致高昂的时候，凯蒂从未觉得他有趣。他算不上令她厌烦，只是寡淡无味。

14

虽然凯蒂已在不同的茶会上见过查尔斯·汤森的太太，但是在她来到香港几周后才见到他本人。她和丈夫一起在他家吃饭的时候，被介绍给他。凯蒂当时心中充满防备。查尔斯·汤森是助理辅政司，她不想让他在自己面前展现优越。尽管汤森太太彬彬有礼，凯蒂还是能从她身上察觉到这种优越感。招待他们的房间很宽敞，如她在香港所见的每一间客厅一样，布置成舒适宜居的风格。那是一场大型宴会，两人是最后到的，进门时，身着制服的中国仆人正在为客人奉上鸡尾酒和橄榄。汤森太太轻松随意地跟他们打招呼，然后看着一张名单，告诉沃尔特他的餐伴是谁。

凯蒂看到一个身材魁梧、十分英俊的男人向他们快步走来。

“这位是我先生。”

“我将有幸坐在您的身旁。”他说。

她立刻感到轻松起来，心中的敌意一扫而空。他眼中含着笑意，但她还是从中看到一丝惊讶闪过。她完全理解那是为什么，不禁有些想笑。

“我晚餐一点也吃不下，”他说，“哪怕以我对多萝西的了解，晚餐一定棒极了。”

“为什么吃不下？”

“早该有人告诉我，早该有人提醒一下我。”

“提醒什么？”

“谁都没提过半句，我怎么知道会遇见一位绝世美人？”

“这话我怎么接才好？”

“什么也不用说，让我来说。我还会说很多很多遍。”

凯蒂不为所动，纳闷他太太到底是怎么跟他描述自己的，他一定问起过。这时汤森低下头，用含笑的眼睛看着她，一下子回想起来。

“她是个什么样的人？”当他太太告诉他自己遇到了费恩博士的新婚妻子时，他如此问道。

“啊，她可真是个漂亮姑娘，女演员似的。”

“她登台表演过吗？”

“噢，不是的，我觉得没有。她父亲是个医生或者律师还是什么的。我想我们应该请他们来吃顿饭。”

“这个不用着急。”

两人挨着坐在餐桌旁时，他告诉凯蒂，他在沃尔特·费恩刚来到香港的时候就认识他了。

“我们一起玩桥牌。他绝对是俱乐部里最好的牌手。”

回家的路上，她转述给沃尔特。

“你知道，这不算什么。”

“他打得怎么样？”

“还不错。牌面好的时候他打得很好，但如果牌面差就一塌糊涂了。”

“他打得跟你一样好吗？”

“我对自己的牌技没有错觉。应该说，我是二流牌手中的高手，汤森认为他是一流的，可他不是。”

“你不喜欢他吗？”

“说不上喜欢还是不喜欢。我相信他工作做得不差，而且大家都说他是个运动健将。他并没有让我很感兴趣。”

这不是她第一次被沃尔特的不偏不倚所惹恼。她问自己，有什么必要这么慎重：你要么就喜欢人家，要么就不喜欢。她非常喜欢查尔斯·汤森，这是她没有预料到的。他大概是这里最受欢迎的男人。据说辅政司快要退休了，每个人都希望汤森接任。他打网球、马球和高尔夫，家里还养着赛马。他总是乐于对任何人施以援手，从不沾染官僚习气，不摆一点儿架子。不知为什么，凯蒂以前非常讨厌听别人说他那么多好话，不禁认为他一定是个傲慢自大的人。她太愚蠢了，那是他最不可能被指责的一点。

那个晚上令她享受。他们聊到了伦敦的剧院，聊到了阿斯科特赛马场和考斯的赛艇会，以及一切她了解的事物，所以她真的有可能在伦诺克斯花园的某栋漂亮的宅邸里遇到过他。晚餐过后，男人们移步客厅，他去转了一圈之后又回到她身旁坐下。虽然他并没有说什么特别逗乐的话，却令她笑声不断。一定是他讲话的方式——他的嗓音深沉、浑厚，其中有一种抚慰人心的力量，他温柔而有神的蓝眼睛散发着令人愉悦的光彩，让你和他在一起时感到轻松自在。他当然是富有魅力的，无怪乎如此讨人喜欢。

他个子很高，在她看来至少有六英尺二英寸，而且身材保持得很好，没有一丝赘肉。他很会穿衣服，是整场聚会中衣品最佳的男人，人和衣服相得益彰。她喜欢衣着入时的男人。她的目光移到了沃尔特身上，他真应该在外表上多花些工夫。她留意到汤森的袖扣和背心扣——她似乎在卡地亚店里见过类似的款式。汤森家自然是家底丰厚的。他的脸上有深深的晒痕，但是太阳并没有将健康的肤色从他的双颊夺走。她喜欢那整齐、卷曲的小胡子，它们没有遮住他那饱满红润的嘴唇。他有一头黑色短发，梳得油亮。当然，最漂亮的要数他的眼睛，在浓密的眉毛之下，它们是如此湛蓝，其中含着温柔的笑意，向你诉说着他和蔼可亲的性情。拥有那样一双蓝眼睛的男人是不会忍心伤害任何人的。

她很清楚，自己给汤森留下了深刻的印象。就算他没有对她说出那些动听的话语，他温情脉脉的倾慕眼神也已经出卖了他。他身上没有一丝局促，从容的气度令人愉悦。凯蒂是社交场的老手，她很欣赏他在以诙谐打趣为主的聊天里，不时穿插几句巧妙的恭维。临别时两人握了握手，这时他捏了一下她，她不会搞错的。

“希望我们很快能够再见面。”他说得轻描淡写，但是他的目光给他的话加上了一重特别的含意，她不会看不出。

“香港很小，不是吗？”她说。

15

当时谁能想到，才三个月两人的关系就发展到了如此地步。汤森告诉凯蒂，从第一晚开始他便为她疯狂，她是他平生所见最美丽的女人。他记得她穿的裙子，那是她的婚礼裙，他说她看起来就像一朵幽谷中的百合花。早在他倾吐衷肠之前，她便知道他爱上了自己。她有一点儿害怕，所以与他保持着距离。可他太冲动了，让她很难办。她不敢让他吻自己，因为一想到被他的手臂环绕，她的心就会怦怦狂跳。她此前从未恋爱过，这种感觉太美妙了。如今她知道了爱为何物，对沃尔特的痴情突然涌起了怜悯。她挑逗他，以俏皮的方式，发现他很受用。她原先可能还有点怕他，但现在有了更多自信。她有时会取笑他，看到他脸上慢慢浮现的笑容，心里很快活。他刚听到时则又是惊讶，又是欣喜。总有一天，她心想，他会变得更有人情味儿。她已领略了爱情的滋味，乐于轻盈地撩拨，像一个竖琴师将手指拂过琴弦，她抚弄着他的心。看到他被自己搞得神魂颠倒、晕头转向的样子，她不禁笑起来。

查理成了她的情人后，她和沃尔特之间的关系变得极其怪诞。看到他那么严肃和克制，她就总是忍俊不禁。她太过幸福，乃至感觉不到这样对不起他。毕竟要不是因为他，她永远也不会认识查理。在迈出最后一步之前她犹豫了一段时间，不是因为她不想沦陷于查理的激情——她自身的激情不遑多让，而是因为她的出身和教养令她畏缩不前。事后（最后一步事出偶然，直到机会摆在眼前两人才看到）她惊奇地发现自己的心态和先前并无差别。她曾以为这会在自己身上引发某些她也说不清的奇异变化，让她觉得自己变了一个人。可是当她偶然看见镜中的自己时，却困惑地看到了前一天所见的同一个女人。

"你生我的气吗？"他问她。

"我很爱你。"她轻声说。

"浪费了这么多时间，你不觉得自己很傻吗？"

"傻透了。"

16

那有时简直难以承受的快乐令她再度容光焕发。就在结婚之前，她已开始失去青春的光鲜，显出疲惫而憔悴的样子。刻薄的人说，她正在枯萎。但是，一个二十五岁的姑娘和一个同龄的少妇还是迥然不同的。她就像一朵玫瑰花蕾，花瓣的边缘本已开始泛黄，而一夕之间又突然盛放。她明亮的双眸变得更加灵动，她的肌肤（那一直是她最骄傲和最在意的）光彩照人——不可将其比作蜜桃或花朵，反而是它们该当与之争艳。她看起来仿佛又回到了十八岁，回到了美貌的巅峰。人们对此不可能视而不见，她的女性朋友们悄悄把她拉到一边，问她是不是准备要宝宝了。那些原先对她的美貌无动于衷的人——他们曾说她只不过是一个长着长鼻子的漂亮女人——现在也承认他们看走了眼。她正是查理第一次见她时所称的，一个绝世美人。

两人的幽会经过了精心的安排。他会用宽阔的后背（“不许炫耀你的身材。”她俏皮地打岔）为她遮风挡雨，他如此对她说。

这件事对他来说没什么大不了，但为了凯蒂着想，他们不能冒一丁点儿风险。他们不能经常单独相见，这频率对查理来说远远不够，但他首先得为凯蒂考虑。有时候是在古玩店，偶尔午饭后会趁周围没人去她家。然而她经常在各种场合见到他，看到他一本正经地和自己说话，对每一个人都照常友善开朗，她就感到很有趣。大家听到他用那迷人的幽默打趣她的时候，谁能想到，没多久之前她还依偎在他多情的怀抱。

她崇拜他。他穿着漂亮的长筒靴和白色马裤打马球的样子是多么英姿飒爽，而他身穿网球衫的时候看着就像一个少年。他当然为自己的身材骄傲，那是她见过的最好的身材。为了保持身材，他煞费苦心。他从不吃面包、土豆和黄油，还要花很多时间锻炼身体。凯蒂喜欢他对双手的保养——他每周都修剪一次指甲。他是个运动健将，一年前赢得了当地网球比赛的冠军。他无疑还是她遇到过的最好的舞伴，和他跳舞是梦一般美妙的事。没人会觉得他已经四十岁了，她对他说，她不相信。

“我知道你是在唬人，你实际上才二十五岁。”

他大笑，内心十分受用。

“哦，亲爱的，我儿子都十五岁啦。我是个中年男人了，再有两三年我就要变成肥胖的老东西了。”

“你到了一百岁都可爱。”

她喜欢他乌黑、浓密的眉毛。她想知道，是不是它们给了他那双蓝眼睛惑乱人心的力量。

他多才多艺：钢琴弹得很好——当然是弹雷格泰姆[①]，还能用他浑厚的嗓音幽默地演唱滑稽歌曲。她相信世上没有他不会的东西。他工作中也很有头脑，他告诉凯蒂自己解决了某个棘手的难题，总督对他的手段大加赞赏，凯蒂听了也为他高兴。

“虽然这话是我说的，”他笑起来，迷人的双眼对她满含爱意，“但部里没有哪个家伙能比我干得更好。”

啊，她多希望自己是他的妻子，而不是沃尔特的！

① 雷格泰姆，早期爵士音乐，多在钢琴上演奏，20世纪初由非洲裔美国音乐家发展而成。

17

沃尔特是否知情尚不确定，如果不知情，或许继续把他蒙在鼓里更好些；可要是他知道了，那么，到头来对大家都是最好的结果。最开始，她见查理时总是偷偷摸摸地，也许心怀不满，但至少愿意妥协。然而，她的激情与日俱增，如今她对于阻隔两人在一起的种种障碍愈发没了耐心。查理常常对她说，他恨自己的地位，让他不得不谨小慎微，要顾虑他的羁绊，也要考虑她的束缚。要是两人都是自由之身该多好！他常这样说。她理解他的顾虑，没人想闹出丑闻，而改变自己的人生轨迹则更需要反复掂量。但是，如果自由降临到他们头上，啊，那么一切会变得多么简单！

应该没有谁会太难过。她很清楚他跟妻子的关系，她是一个冷淡的女人，这么多年来，两人之间早已没有爱。把他们绑在一起的是习惯、便利，当然还有孩子。这件事对查理比对她更容易——沃尔特爱着她。但他毕竟埋头于工作，而且男人有属于男人的圈子，他可能刚开始会难过，但总会翻篇的，没人拦着他再跟别人结婚。查理曾对她说，他怎么也想不明白她是怎样委身于沃尔特·费恩的。

她面带微笑，心里纳闷，为什么不久前，一想到两人被沃尔特抓住她会那么害怕。当然，看到门把手缓缓转动的确令人胆战心惊。但是毕竟他们清楚沃尔特最多能做到什么地步，两人已做好了准备。如果真的到了那一天，他们在这世间最渴望的事情就要降临，查理一定和她一样如释重负。

沃尔特是个绅士，说句公道话，她承认这一点，而且他爱她。他会做正确的事情，允许她跟自己离婚。他们已经犯了错误，幸好发现得不算太迟。她已经完全想好该跟他说些什么话，该怎样对待他。她会面带微笑，和和气气，但是态度坚定。没有吵闹的必要，以后她会一直乐于见到他。她由衷地希望，这两年在一起的日子会给他留下一段珍贵的回忆。

“我觉得多萝西·汤森根本不会介意跟查理离婚，”她心想，“现在最小的儿子也要回国了，她在英国比留在这里好得多。她在香港完全无事可做，如果回去的话所有假期都可以跟孩子们在一起，再说她的父母也在英国。”

一切都如此简单，可以没有丑闻、没有不快地解决。然后她跟查理就可以结婚了。凯蒂长舒了一口气。他们会非常幸福，为了这份幸福值得费些周折。在她的脑海中，纷杂的画面一幅幅接踵而至，她想到两人在一起的生活，和他们将享有的快乐，想到两人一起短途旅行，想到他们住的房子，还有他将晋升到的职位和她如何做一个贤内助。他将会以她为荣，而她，则对他爱慕有加。

然而，在这些白日梦中穿行着一股忧虑的潜流。那感觉很古怪，仿佛乐团中的木管和弦乐器演奏着一曲田园牧歌，而低音部中，鼓声轻柔，却含着不祥之兆，敲出了一串阴森的鼓点。沃尔特迟早要回家，一想到要看见他，她便心跳加速。很奇怪，那天下午他没有跟她说一句话就离开了家。她当然不怕他，说到底他又能做什么呢？她不断这样告诉自己，可仍然无法减轻焦虑。她在心里把准备对他说的话又演练了一遍。把事情闹大有什么好处？她非常抱歉，皇天可鉴，她不想带给他痛苦，但是她没有办法，她不爱他。假装下去没有好处，最好还是把真话说出来。她希望他不要难过，但是他们真的犯下了错误，唯一明智的做法就是认清它。她会一直念着他的好。

而正当她自言自语的时候，一阵恐惧猛然袭来，让她掌心冒汗。因为害怕，她对他涌起了愤怒。要是他想闹，那是他自找的，最后如果搞得没法收场他也不要大惊小怪。她要告诉他，她一丁点儿都没在意过他，结婚以来她没有一天不在后悔中度过。他太乏味了。啊，他真让她厌烦，厌烦，厌烦！他总是自以为高人一等，太可笑了。他一点儿幽默感都没有。她讨厌他高傲的姿态，还有他的冷漠和自我克制。当你对除了自己之外的任何人、任何事都没有兴趣的时候，才容易做到自我克制。他令她反感，她厌恶他亲吻自己。他凭什么这么自负？他的舞跳得很烂，聚会上只会扫别人的兴，他不会乐器也不会唱歌，不会打马球，网球也打不赢任何人。桥牌？谁在乎桥牌？

凯蒂越想越生气。他也敢指责她？现在发生的一切都要归咎于他。谢天谢地，他最终知道了真相。她恨他，再也不愿见到他。是的，她很感激，一切都结束了。他为什么不能放她一马？他当初纠缠着让她嫁给了自己，现在她受够了。

“受够了，”她大声重复着，气得浑身发抖，“受够了！受够了！”

她听到汽车停在院子门口，此刻他正在上楼梯。

18

沃尔特走进房间，凯蒂的心狂跳着，双手在颤抖——幸好她是躺在沙发上。她手里捧着一本打开的书，就像读了很久似的。他在门口站了片刻，两人四目相接。她的心往下一沉，一阵突然袭来的寒意浸透她的四肢，她打起了寒战。那种感觉可以用“有人踏过你的坟头”[①]来形容。他面色惨白，那种脸色她曾见过一次，是两人一起坐在公园中，他向她求婚的时候。他漆黑的双眼一动不动，令人难以捉摸，显得异乎寻常地大。他什么都知道了。

“你回来得挺早。”她说。

她双唇颤抖，有些吐字不清。她感到恐惧，害怕自己会晕倒。

“我觉得跟平时差不多。”

他的声音在她听来有些怪异。为了让自己的话听起来随意

---

① 英文习语，指无缘无故打冷战。

些，他把最后一个字高扬起来，但那是刻意为之。凯蒂想知道，他是否看到了自己的四肢百骸都在颤抖。她勉力维持才没有失声叫喊。沃尔特垂下了目光。

“我去换衣服。”

他离开了房间。她顿时瘫软，有两三分钟时间完全动弹不得，不过最后还是勉强在沙发上直起身，就像生过了一场大病，身体依然虚弱。她站起来，不知自己的双腿能否支撑得住。她扶着桌椅一步步走到走廊，然后一只手撑着墙，回到了自己的房间。她穿上一件茶会袍，回到她的起居室时（只有聚会时他们才会用到客厅），他正站在桌旁，看着《简报》上的画。她硬着头皮走了进去。

“我们下去吧，晚餐已经准备好了。”

“让你久等了吗？”

糟糕的是，她抑制不住嘴唇的颤抖。

他什么时候才会说那件事？

两人坐下来，相对沉默了一会儿。然后他随口说了一句话，如此无关痛痒，反而带着一股凶兆。

“‘皇后号’今天没有到港，”他说，“我怀疑是不是被风暴耽搁了。”

“该今天到港吗？”

“对。”

她这时望向他，看到他的双眼盯着盘子。他又谈起了别的，内容同样琐碎，是关于一场即将开始的网球比赛，说了好半天。

他往日的声音总是亲切宜人，带着抑扬顿挫，而此刻他只用一个音调，听起来异常生硬。凯蒂感觉他仿佛是从很远的地方说话。从始至终，他的眼睛都盯着盘子，或者桌子，或者墙上的画，避免和她对视。她意识到，他没有勇气看她。

“我们上楼去吗？”吃完晚饭后他说道。

“听你的。”

她站起身，他为她开门。当她从他身边走过时，他垂下了眼睛。两人来到起居室后，他又拿起了那份带插图的周报。

“这是新一期《简报》吗？我好像没见过。”

“不知道，我没留意。”

那份报纸已经放在那儿大概两个星期了，她知道他已经看过了一遍又一遍。他拿着报纸坐了下来。她又卧到沙发上，拿起了她的书。傍晚两人独处时，他们通常会玩一玩牌。而此时他用舒服的姿势靠在扶手椅上，注意力似乎完全被眼前的插图吸引了，一直没有翻页。凯蒂试图阅读，但面前的文字却进不了她的眼睛，完全是模糊的。她开始剧烈头疼。

他什么时候才会开口？

两人在沉默中坐了一个小时。她不再假装阅读，把小说放在大腿上，怔怔地出神。她害怕做出一丁点儿动作，或者发出微小的声响。他纹丝不动地坐着，保持着舒适的姿势，大眼睛直勾勾盯着画。他的安静有一种奇异的威胁意味，让凯蒂联想到一头野兽，随时准备一跃而起。

他突然站起来，吓了她一跳。她攥紧拳头，感到自己的脸苍白起来。到时候了！

“我有些工作要做，”他用又轻又平淡的声音说，眼睛望着别处，“你不介意的话，我要去书房了。等我做完你应该已经上床睡觉了。”

“我今晚很累。”

“嗯，晚安。”

“晚安。”

他走出了房间。

19

第二天早上，她第一时间给汤森的办公室打电话。

“是我，什么事？”

“我要见你。”

“亲爱的，我忙得不可开交，我是有职务在身的人。”

“是要紧事。我能去你办公室吗？”

“啊，别，我要是你就不会这么做。”

“那你来我这儿。”

“我现在实在走不开。今天下午怎么样？而且你不觉得我最好不要去你家吗？”

“我必须马上见到你。”

声音停顿了一会儿，她害怕他已经挂断了。

“你还在吗？”她焦急地问。

“在，我在想呢，发生什么事了？”

“我没法在电话里跟你说。”

又是一阵沉默，随后他说道：

“好，这样吧，一点钟，我想办法抽出十分钟见你，可以吗？你最好去古舟的店里，我会尽快过来。”

“那间古玩铺？”她不安地问。

“我们总不能在香港大饭店的大厅里见面吧。”他回答。

她察觉到他的声音中夹杂着些许恼怒。

“好吧，我去古舟那里。”

20

到了域多利道，她从黄包车上下来，穿过又陡又窄的巷道，来到那家店铺。她在外面徘徊了一会儿，仿佛被橱窗里陈列的小物件所吸引。可是一个站在那儿招揽客人的伙计立刻认出了她，咧开嘴朝她会心一笑。他用中国话跟里面的人说了些什么，随后，那个穿着黑袍、小个子、圆脸盘的店主便出来迎接她。她快步走进店里。

“汤森先生，还没来。你，上去，是吗？”

她来到店铺后面，摸黑走上摇摇晃晃的楼梯。那个中国人跟在她身后，为她打开通向卧室的门。屋里很闷，有一股刺鼻的鸦片气味儿。她在一个檀香木柜子上坐了下来。

没过多久，她就听到嘎吱作响的楼梯上传来沉重的脚步声。汤森走进来，关上身后的门。他原本面带阴沉之色，但一看到凯蒂，那脸色便消失无踪，又露出迷人的笑容。他一下子把她揽入怀里，吻了她的唇。

“遇到什么麻烦了？”

“一看到你我就感觉好多了。”她笑着说。

他坐在床边，点了一支烟。

“今天上午你看着有点憔悴。”

“不奇怪，”她回答，“我一晚上都没有合眼。”

他看了她一眼，脸上仍挂着微笑，但笑容变得有些僵硬和勉强。她觉得他的眼中笼罩着一重焦虑。

“他知道了。”她说。

他沉默了片刻，然后才回答。

“他说了什么？”

“他还什么都没说。”

“什么？”他猛地看向她，“那你凭什么认为他知道了？”

“各个方面，他的表情，他晚饭时说话的方式。”

“他为难你了吗？”

“没有，相反，他特别地客气。自从我们结婚以来，他第一次没有吻我道晚安。”

她垂下目光，不知道查理是否明白。每晚沃尔特会照例将她搂在怀里，与她双唇紧贴，良久不分。接吻的时候，他的全身都变得温柔而热情。

“他什么也不说，你觉得是为什么？”

“我不知道。”

又是一阵沉默。凯蒂仍然一动不动地坐在檀香木柜子上，焦虑地注视着汤森。他的脸又阴沉下来，眉头皱着，嘴角有些下垂。不过突然间，他抬起头，眼睛里闪过恶毒的愉悦之色。

“我怀疑他什么也不会说。”

她没有答话，不知道他什么意思。

“毕竟他也不是第一个对这种事睁一只眼闭一只眼的人。吵吵闹闹对他有什么好处？他要是真想闹，当初就会执意进你房间了。”他眼中闪着光，咧开嘴微笑起来，“那样我们俩可就成了一对狼狈的傻瓜。”

“我真希望你看见了他昨晚的脸色。”

“我想他应该很苦恼吧。这当然是一个打击，对任何男人来说都是非常耻辱的事情。沃尔特看上去总是木木的，他给我的印象不是一个愿意让家丑外扬的人。”

“我也觉得他不是，”她沉思着说，“他非常敏感，我早就发现了这一点。”

“对我们来说，各方面都向好。你知道，换位思考是很好的方法，不妨问问自己如果在他的位置上会怎么做。对于身处这种境地的男人来说，想要保存颜面只有一种办法，那就是假装什么也不知道。我跟你打包票，他绝对会这么做。”

汤森越说越飘飘然，他的蓝眼睛闪着精光，整个人又变回那副神采飞扬的样子，散发着鼓舞人心的自信。

“说真的，我不想讲他什么坏话，但是说到底一个细菌学家实在是人微言轻。等西蒙斯回国，我就有机会当上辅政司，沃尔特站在我这一边对他大有益处。跟我们所有人一样，他也总得为他的饭碗考虑。你觉得政府会重用一个闹出丑闻的人吗？相信我，他闭上嘴就能获得一切，撕破脸就会丢掉一切。”

凯蒂不安地挪动着身子。她知道沃尔特有多么腼腆，相信对于翻脸和出丑的恐惧可能会影响他，但是她不相信他会被逐利的念头所左右。或许她对沃尔特还不够了解，但查理对他更是一无所知。

“你有没有想过，可能是因为他疯狂地爱着我？”

他没有回答，只是带着俏皮的目光向她微笑。她熟悉并爱着他这副迷人的样子。

“哦，你直说吧，我知道你要说不好听的话了。”

“你知道，女人常常以为男人疯狂地爱上了她们，而现实并非如此。”

她第一次笑了出来，他的自信很有感染力。

“说的什么鬼话！”

“这样说吧，你最近一直懒得关注你的丈夫，或许他已经不像以前那么爱你了。”

“反正我永远也不会骗自己，觉得你疯狂地爱着我了。”她反唇相讥。

“说到这儿你就错了。”

啊，听他说出这句话多好啊！她知道这一点，相信他对自己的爱情，不由得心中暖暖的。他边说边从床上站起身，走过来陪她坐在檀香木柜子上，用手揽住了她的腰。

“你这傻傻的小脑瓜别再忧虑了，”他说，“我向你保证，没什么可害怕的，我敢肯定他会假装什么也不知道。你知道，这种事是很难确证的。你说他爱着你，可能他是不想彻底失去你。我发誓，假如你是我太太，比这还过分的事情我都能接受。”

她靠向他，浑身无力地瘫软在他的怀里。她对他的爱简直是一种折磨。他最后的话触动了凯蒂，也许沃尔特对她太过痴情，以至于愿意接受任何羞辱，只要有时能允许他爱她就好。她可以理解，因为那正是她对查理的态度。她的心中涌起一阵骄傲，与此同时也怀着一丝鄙夷，一个男人竟可以爱得如此卑贱。

她充满爱意地伸出手臂搂住查理的脖子。

“你真好。我刚进来这里的时候颤抖得像一片树叶，现在你已经让我完全好过来了。”

他捧着她的脸，亲吻了她的唇。

“小宝贝。”

“你真是我最大的安慰。”她叹了口气。

“听我的，没必要紧张。你知道，我会站在你身旁，不会抛下你不管的。”

她驱散了恐惧，但是一瞬间，她却莫名地感到遗憾，她对未来的规划破灭了。如今所有危险都不复存在了，她倒是盼望着沃尔特能够坚决离婚。

“我知道我可以依靠你。”她说。

“我也相信如此。”

“你是不是该回去吃午饭了？”

“噢，去他的午饭吧。”

他把凯蒂拉得更近，然后紧紧搂在怀里。他的嘴寻觅着她的唇。

“啊，查理，你得让我走了。”

“绝不。”

她轻声笑起来，带着幸福的爱意和胜利的喜悦。查理的眼睛里充满了欲望。他抱着她站起来，把她紧紧搂在胸前，然后锁上了门。

21

整个下午她都在回想着查理说沃尔特的话。当晚他们要出去赴宴，沃尔特从俱乐部回来时凯蒂正在更衣。他敲了敲她的门。

“请进。”

他没有推开门。

“我直接去换衣服了，你还要多久？”

“十分钟。”

他不再说话，回到了自己的房间。他的声音带着她前一晚听到的那种压抑的调子。她现在感觉相当自信了。她先沃尔特一步准备妥当，等他下楼时，她已经坐在了车里。

“恐怕让你久等了。”他说。

“没关系的。”她回答，尽力露出了笑容。

坐车下山的时候，她找了一两句话说，但他回答得生硬简短。她耸了耸肩，变得有些不耐烦——他要是想生闷气就由他去，她不在乎。车开到目的地之前，两人一路无言。那是一场盛大的晚宴，人头攒动，菜品纷繁。凯蒂一边跟身旁的人欢畅地聊着天，一边留意着沃尔特。他面如死灰，看起来十分憔悴。

“你先生看起来有点儿疲惫，我还以为他不怕热天气呢。他最近是不是工作很辛苦？”

“他工作一直很辛苦。”

“我猜你很快会出去避暑？”

“哦，是的，可能会像去年一样，去日本。”她说，“医生说我如果不想让身体垮掉，就必须得出去避避暑。”

沃尔特没有像往常出来赴宴时一样，时不时向她投去微笑一瞥。他自始至终没有看她。早在上车时她便注意到他的目光回避着她，下车时他以一贯的礼节伸手挽她时也一样。此刻，他和两旁的女士交谈着，脸上没有笑容，只是直勾勾地望着她们，眼睛不眨一下。他的眼睛看上去很大，在那张苍白的脸上像煤块一样黑，他的面容严肃呆板。

“他可真是一个平易近人的餐伴。”凯蒂讽刺地想。

一想到那些倒霉的女士费尽力气与这个冰冷的假面攀谈，凯蒂就觉得有点儿好笑。

他肯定知道了，这是毫无疑问的，而且他对她非常愤怒。他为什么一言不发呢？是不是真的因为，尽管生气又受伤，但他太爱她了，生怕她离自己而去？想到这里，她对沃尔特又多了些许鄙夷，不过并不尖刻——毕竟他是她的丈夫，供养她衣食住行，只要别干涉她，让她做想做的事情，她就会善待他。另一方面，或许他的沉默只是出于病态的胆怯。查理说得对，没有人比沃尔特更厌恶丑闻。他只要能不说便不会多说一句话。他曾经告诉她，有一次他被法庭传唤为证人，就一个案件给出专家证词，他为此有一个礼拜没怎么睡着觉。羞怯是他的痼疾。

此外还有一点：男人都非常爱面子，只要没人知道发生了什么，沃尔特就甘愿视而不见。这时她又不禁思忖，有没有一点可能被查理说对了，沃尔特知道他的饭碗系于何人之手。查理是这儿最炙手可热的红人，很快就会成为辅政司。他会对沃尔特大有用处。反之，如果沃尔特把他惹毛了，他也可以很不客气。一想到情人的力量与决断，她的心便雀跃起来。在他雄健的臂弯中，她总是感到如此娇弱。男人很奇怪，她以前从未想过沃尔特有可能如此卑鄙，可谁知道呢？也许他的严肃仅仅是遮掩他刻薄和诡诈本性的一副面具而已。她越想越觉得查理可能是对的。她又瞥了丈夫一眼，目光里没有一点儿包容。

正好这时沃尔特两边的女士都已转头跟另外的邻桌聊起来，把他一个人晾在那儿。他直勾勾地盯着前方，好象忘却了这场聚会，他的双眼满溢着极度的悲伤。凯蒂震惊了。

22

第二天，她午饭后正躺着打盹儿，忽然被一阵敲门声惊醒。

“哪位？”她烦躁地喊了一声。

她不习惯这个时间被人打扰。

“是我。”

她听出了丈夫的声音，一下子坐了起来。

“请进。”

“我吵醒你了吗？”他一边走进来一边问。

“说实话，是的。”这两天以来，她又能用自然的语调和他说话了。

“你能不能到隔壁房间来？我有些话想跟你说。”

她的心猛抽了一下。

“我穿上件晨衣。”

他退出房间。凯蒂光着脚穿上拖鞋，裹上一件和服式晨衣。她照了照镜子，看到自己的脸色十分苍白，于是搽了一点胭脂。她在门前站了片刻，为这场面谈鼓起了些勇气，然后做出满不在乎的样子走了进去。

“这个点你是怎么从实验室出来的？”她说，“这时间很少见到你。”

“你不坐吗？”

沃尔特没有看她，说话时语气严肃。凯蒂正巴不得赶紧坐下，她的膝盖有点颤抖，无法再保持平日诙谐的语调，只好沉默不语。他也坐下来，点了一支烟，目光在房间里不安地转来转去。他似乎难以启齿。

突然间，他直直地看向了她，由于他的目光一直游移闪烁，此时的直视吓了她一跳，她强忍住惊叫的冲动。

“你听说过湄潭府吗？”他问，“最近报纸上总是提到那里。”

她震惊地看着他，不知如何开口。

“就是那个有霍乱的地方吗？阿巴斯诺特先生昨晚谈起了那里。”

“那里正暴发瘟疫，我想应该是这些年里最严重的一次。那边有一个传教士医生，三天前刚刚死于霍乱。有一座法国女修道院，当然还有海关的人。其他人全都撤走了。”

他依然目不转睛地盯着她，令她无法垂下目光。她想要读懂他的表情，但神经太过紧张，只从中看出了一种奇怪的警惕。他怎么会这样死死地盯着？连眼睛都不眨一下。

“那些法国修女正在做着力所能及的事。她们已经把孤儿院变成医院，但是人们还是像苍蝇一样死去。我已经申请过去接手。”

“你？”

她大吃一惊。她首先想到的是，如果他走了，自己就自由了，就可以无拘无束地见查理了。可这个念头把她吓到了，她感觉自己涨红了脸。他为什么要这样盯着自己看？她难堪地移开了视线。

“有必要吗？”她结结巴巴地说。

“那边现在没有一个外国医生。”

“但你不是医生，你是个细菌学家。”

“我是医学博士，你知道，而且我专攻细菌学之前在一所医院里做过很多工作。我是细菌学家就更合适了，这会是做研究的大好机会。”

他说得简直如同儿戏，凯蒂瞥了他一眼，惊讶地看到他的眼中闪过一丝嘲讽。她无法理解。

“可是这不会非常危险吗？”

“是非常危险。”

他露出笑容，一种嘲弄的怪笑。她用手撑着额头。自杀，这与自杀无异。太可怕了！凯蒂从未想过他会采取这种方式。不能让他这么做，那太残忍了。她不爱他并不是她的错。她无法接受他为了自己轻生。泪水轻轻滑过她的脸颊。

“你哭什么？”

他声音冰冷。

“你没有一定要去的义务，不是吗？”

“没有，我是出于自愿要去的。”

“请不要去，沃尔特。如果发生什么不测怎么办？你死了怎么办？”

他依然面无表情，但是眼睛里再次闪过一丝笑意。他没有回答。

“这个地方在哪里？”她顿了顿，然后问。

“湄潭府？在西江的一条支流上。我们得先沿西江逆流而上，然后坐轿子。”

“我们是谁？”

“你和我。”

她飞快地看向他，以为自己听错了。然而此时此刻，他眼中的笑意已经蔓延到了嘴角，漆黑的双眼凝视着她。

“你希望我也去？”

“我以为你会愿意。”

她的呼吸变得急促起来，一阵战栗传遍全身。

“但那儿明显不是女人去的地方。几周之前那个传教士就把妻子和孩子送过来了。那个亚洲石油公司的经理也和他太太一起来了。我在一次茶会上遇到她了。我刚想起来，她说他们因为霍乱离开了某个地方。”

“那里有五个法国修女。”

恐慌攫住了她。

“我不知道你什么意思。要我去那儿简直是疯了。你知道我身体有多弱。海沃德医生说我必须离开香港避暑。我绝对受不了那边的暑气。再说还有霍乱，我会被吓得精神错乱的。我只会添麻烦，没理由让我去的。我会死的。”

他没有回应。凯蒂绝望地看着他，快要忍不住哭出来。沃尔特苍白的脸上笼罩着一重黑气，突然令她感到恐惧。她从中看到了憎恨。有没有可能，他想让她去死？她回答着头脑中这骇人的想法。

“太荒唐了。要是你认为你应该去，那是你自己的事。可你真的没理由要我也跟去。我讨厌疾病，这可是霍乱瘟疫。我不想假装自己很勇敢，不介意告诉你，我没这个胆量。我要一直待在这里，直到启程去日本。”

“我本以为在我就要踏上危险征途的时候，你会想要陪着我呢。”

此刻他正在不加掩饰地嘲笑着她。她感到困惑，不清楚他究竟是真有此意，还是仅仅想要吓一吓自己。

“我觉得如果我拒绝去一个与自己无关、也派不上用场的危险之地，没人有理由指责我。”

“你派得上很大用场，你可以鼓励和安慰我。”

她的脸色愈发煞白。

“我不明白你在说什么。”

“我不觉得这话需要多聪明的头脑才能懂。”

“我不去，沃尔特，要我去简直是丧心病狂。”

“那我也不去了，我这就去撤回申请。”

23

她茫然地看着他。他说的话如此出人意料，令她一时间摸不着头脑。

“你到底在说什么？”她结结巴巴地问。

连她自己都觉得这话听着很假，她看到沃尔特严肃的脸上泛起鄙夷的神情。

“恐怕你把我想象得太过愚蠢了。”

她不知道该说什么才好，是愤然坚称自己的清白，还是一怒而起对他大张挞伐，她犹豫不决。沃尔特似乎读懂了她的心思。

“我已经掌握了所有必要的证据。”

她哭了起来。心中并没有什么特别的痛苦，而泪水还是从眼睛里流了出来，她没有去擦。哭泣可以给她一点时间定一定神，但她的头脑一片空白。他漠然地看着她，平静得令她害怕。他变得不耐烦起来。

“哭没有多大用处，你知道的。”

他的声音那么冰冷，那么生硬，令她涌起一股怒火。她的底气回来了。

“我不在乎。我想你不会反对我跟你离婚的吧，这对男人来说根本不算什么。”

“请容我问一句，我为什么要为了你的缘故给自己带来一点点不便呢？”

“这对你来说不会有任何区别，请你表现得像个绅士并不过分吧。”

“我太过在意你的幸福了。”

她此时坐直身子，擦干了眼泪。

“你这话是什么意思？”她问。

“除非汤森做了共同被告，而且这案子太伤风败俗，他太太不堪其辱被迫跟他离婚，否则他是不会娶你的。”

“你根本不知道你在说些什么。”她叫道。

“你这个蠢货。”

他的语气那么轻蔑，气得她满脸通红。或许更让她愤怒的是，她从未听他对自己说过这样的话，只有甜蜜、奉承、令人愉悦的言辞。她早已习惯他对自己耍的小性子都百依百顺。

“如果你想听真话，那我就告诉你：他迫不及待地要娶我。多萝西·汤森完全乐意跟他离婚，一旦我们自由了，立刻就会结婚。”

“这些都是他告诉你的，还是你根据他的态度得出的印象？”

沃尔特的眼中闪烁着辛辣的嘲讽，令凯蒂有些不安，她不太确定查理是不是真的明确说过这些话。

“他说了一遍又一遍。”

“那是骗你的，你知道那都是骗你的。”

“他全心全意地爱着我，像我爱他一样深深地爱着我。既然你都发现了，我也不想否认什么。有什么可否认的吗？我们已经相恋一年了，我觉得很骄傲。他对于我来说就意味着全世界，很高兴你终于知道了。我们已经受够了偷偷摸摸、掩人耳目和各种麻烦事。我当初嫁给你是一个错误，我不该这样做，那时候我是个傻瓜，我从来没有喜欢过你。你我身上没有任何共同点。我不喜欢你喜欢的那些人，你感兴趣的事情我觉得很无聊。谢天谢地，终于结束了。”

他注视着她，纹丝不动，面无表情。他专心听着，神情毫无变化，说明她所说的话在他身上没有掀起一点波澜。

“你知道我为什么嫁给你吗？”

“因为你想在你妹妹多丽丝结婚前嫁出去。”

的确如此，但发现他都知道，还是让她感到有点滑稽和吃惊。奇怪的是，哪怕在这恐惧与愤怒交加的时刻，这还是唤起了她的同情。他微微一笑。

“我对你根本没有幻想，”他说，“我知道你愚蠢、轻浮、没有头脑，但我爱你。我知道你的目标和理想庸俗不堪，但我爱你。我知道你是个二流货色，但我爱你。想想我多努力地装出喜欢你所喜欢的东西，多费心地在你面前掩藏自己没有那么无知、庸俗、长舌和愚蠢，我就觉得可笑。我知道你有多惧怕智慧，我竭尽所能让你感觉我跟你认识的其他男人一样愚不可及。我知道你嫁给我只是权宜之计。我太爱你了，我不在乎。大多数人，就我所知，一旦爱上了某个人，如果得不到回馈，他们就会委屈，继而气恼和愤恨。我不是那样的人。我从来没有指望过你爱我，我想不到你应该爱我的理由，我从未觉得自己多么值得被爱。允许我爱你已经令我心怀感激，偶尔感觉到你对我还满意或者发现你眼中透出一丝温柔的情意，都会让我欣喜若狂。我尽力不让我的爱烦扰到你，我知道我承受不起，我总是小心翼翼地察言观色，生怕你对我的爱表现出一点儿不耐烦。大部分丈夫视为理所当然的事情，我都看作你施与我的恩惠。”

凯蒂早已习惯被人奉承，从未听人对她说过这样的话。无法抑制的怒火驱走了恐惧，在她的内心升腾，令她几近窒息，她感觉到太阳穴的血管鼓起狂跳。虚荣心受伤的女人，她的报复心会比被夺走幼崽的母狮更胜。凯蒂一向略显宽阔的下巴此时向前凸起，带着些猿猴般的凶相，她美丽的黑眼睛充满怨毒。但她克制着没有发作。

“如果一个男人不具备令女人爱上他的必备条件，那是他的错，而不是她的。”

“当然。”

他嘲弄的语气令她愈发恼怒，不过她觉得保持冷静更能伤到他。

“我没有受过多好的教育，没有多聪明。我只不过是个最最普通的年轻女人。从小到大身边的人喜欢什么我就喜欢什么。我喜欢跳舞、打网球、看戏，我喜欢爱玩好动的男人。没错，你和你喜欢的东西一直让我厌烦。它们对我来说毫无意义，我也不想让它们有意义。在威尼斯的时候，你非要拉着我逛那些没完没了的美术馆，在桑威奇打高尔夫球我会开心得多。”

“我知道。”

“如果我没有达到你的期望，我很抱歉。不幸的是，我从生理上就一直很排斥你，这个你怪不得我。”

“不怪你。”

如果他大吼大叫，凯蒂会觉得更好对付——她可以以暴制暴。沃尔特有非人的自制力，她从未如此刻这般憎恶他。

“我觉得你简直不像个男人。你知道我跟查理在一起的时候为什么不闯进房间？你起码可以揍他一顿。你害怕了吗？”

可她话一说完，立刻就羞红了脸。沃尔特没有回答，但她在他眼中看出了冰冷的鄙夷，一丝笑意在他嘴角闪现。

“可能是因为，我像某一位历史人物一样，太过高傲，不屑于动武。”

凯蒂想不出说些什么来回应，只是耸了耸肩。好一会儿，他纹丝不动的目光又笼罩住了她。

“我想说的都已经说完了，如果你拒绝同去湄潭府，我就去撤回申请。”

“你为什么不同意跟我离婚？”

他终于把目光从她身上移开。他靠在椅背上，点了一支烟，一言不发地把它吸完。随后，他扔掉烟蒂，微微一笑，又将目光投向了她。

“如果汤森太太向我保证会跟她的丈夫离婚，如果他能给我书面承诺，保证在两份离婚裁定生效后的一周之内娶你，我就答应跟你离婚。”

他说话的方式让她感到不安，但她的自尊心迫使她大大方方地接受他的提议。

“你非常大度，沃尔特。”

令她吃惊的是，他突然大笑起来。她气得满脸通红。

“你笑什么？我不知道有什么好笑的。”

“请多包涵，可能是我的幽默感比较奇怪。”

她看着他，眉头紧锁。她本想说些刻薄伤人的话，但是没想到如何反唇相讥。他看了看表。

“你要是想在办公室逮到汤森，最好抓点儿紧。如果你决定跟我去湄潭府，那么后天就得出发。”

“你想让我今天就跟他说？”

“正所谓赶早不赶晚。”

她的心跳得快了一些。她有种感觉，不是不安，她也说不清究竟是什么。她本想多给自己一点儿时间，也让查理做好准备。但她对查理有百分之百的信心，他爱她，像她爱他一样深，他一定不会拒绝命运加诸二人的安排，哪怕让这个念头闪过她的脑海都是一种背叛。她严肃地对沃尔特说：

“我认为你根本不懂爱情为何物。你不会明白查理和我是如何奋不顾身地爱着彼此——这才是唯一重要的事情，爱情所要求的任何牺牲，对我们来说都不值一提。”

凯蒂施施然走出房间，沃尔特微鞠一躬，没有说话，一路目送着她。

24

她给查理递进一张字条，上面写着："请见我，有急事。"一个中国小伙子让她稍等，随后带来了回话，说汤森先生五分钟后见她。她莫名其妙地紧张起来。终于被带到了查理的办公室，他走上前与她握手，而就在小伙子关上门留下二人独处的那一刻，他卸下了这套虚文。

"我说，亲爱的，你真的不该在工作时间来这里。我有一大堆事情要做，而且我们不能给别人落下嚼舌根的话柄。"

她用美丽的双眸注视了他半晌，想要笑一笑，却发现自己嘴唇僵硬，动弹不得。

"不到万不得已我是不会来的。"

他微笑起来，拉住了她的手臂。

"好了，既然来了，过来坐下吧。"

那是一个空荡荡的窄房间，天花板很高，墙壁以两种不同颜色的陶土粉刷。一张大书桌、一把汤森本人坐的转椅和一把供访客坐的皮革扶手椅是仅有的家具。坐在那把椅子上令凯蒂有些忐忑，查理则坐在书桌前。她以前从未见过他戴眼镜的样子，甚至不知道他戴眼镜。他注意到她正盯着自己的眼镜看，于是摘了下来。

“我只有读东西的时候才戴。”他说。

她平时就容易流泪，此刻不知为什么便哭了起来。她并非存心伪装，只是本能地想要博取他的同情。他茫然地看着她。

“出什么事了吗？啊，亲爱的，别哭了。”

她掏出手帕，想要掩住自己的抽泣声。查理摇了摇铃，等小伙子来到门口时，他走了过去。

“如果有人找我，就说我出去了。”

“好的，先生。”

小伙子关上了门。查理坐在椅子的扶手上，搂住凯蒂的肩膀。

“好了，凯蒂宝贝，现在都告诉我吧。”

“沃尔特想要离婚。”她说。

她感觉到搂住自己肩膀的手臂松了下来，他的身体变得僵硬。一阵沉默过后，汤森从扶手椅上站起来，又坐回到自己的椅子上。

“到底是什么意思？”他说。

她飞快地瞟了他一眼，因为他的声音有些沙哑，她看到他的脸隐隐泛红。

“我已经跟他谈过了，现在是从家里直接过来的。他说他已经有了所有想要的证据。”

“你没有和盘托出吧？你没有承认什么吧？”

她的心沉了下去。

“没有。”她回答。

“你确定吗？”他问，目光锐利地看着她。

“确定。”她又一次说谎。

他靠在椅子上，怔怔地凝视着挂在对面墙上的中国地图。凯蒂焦虑地望着他，他听到消息后的反应令她有些不安。她本期待他把自己搂在怀里，对她说谢天谢地，现在他们可以长相厮守了，但是男人总是让人大跌眼镜。她轻声哭泣着，此刻并不是为了唤起同情，而是因为这是很自然的事。

“我们陷入大麻烦了。”他终于开口说道，“但是失去理智对我们没有任何好处，哭也无济于事，你知道。”

她注意到他声音里透出的恼怒，便擦干了泪水。

“这不能怪我，查理，我没办法。”

“你当然没办法了，这件事只能说是倒霉，我跟你一样该责怪。现在要做的是看看我们怎么才能摆脱困境。我想你和我一样，都不想离婚吧。”

她屏住呼吸，仔细打量了他一眼。他的心思完全不在她身上。

“我想知道他的证据究竟是什么。我不知道他怎么能证明我们那天共处一室。总体来说，我们已经尽可能小心了。我相信古玩店那个老家伙不会出卖我们。就算他看见我们进去，也没理由说明我们不是一起淘古玩。”

他自言自语多过说给她听。

“起诉很容易，但想要证实却难得很，任何律师都会这样跟你说。我们的立场是否认一切，如果他威胁要打官司，我们就告诉他见鬼去吧，我们奉陪到底。”

“我不能闹上法庭，查理。”

“为什么不能？恐怕你没的选。天知道，我也不想闹大，但我们总不能对他俯首帖耳。”

“我们为什么需要辩解呢？”

“这问的是什么问题！别忘了，这件事可不只是你一个人受牵连，我也一样。不过实话实说，我不觉得你需要害怕。我们会找到一个办法把你丈夫搞定，唯一让我发愁的就是怎么用最好的方式解决。”

他似乎想到了一个点子，转过头，对她露出迷人的微笑，他的语气片刻前还那么生硬务实，这时变得讨好起来。

“我知道你已经非常苦恼了，可怜的小女人，情况太糟了。”他伸手握住了她的手，“我们陷入了困境，但我们一定能走出来的。这不是……”他突然停了下来，凯蒂怀疑他正要说，这不是他第一次从这种困境中走出来。“最重要的是保持冷静，你知道，我永远不会抛下你不管的。”

“我不害怕，我不在乎他做什么。”

他依然微笑着，但那笑容可能多少是强装出来的。

“如果发展到了最坏的地步，我就得告诉总督了。他会把我臭骂一顿，但他是个好人，而且见过世面，会有办法解决的。如果闹出丑闻来，对他也没什么好处。”

“他能做什么?”凯蒂问。

“他可以给沃尔特施压。如果不能用前途拿捏他，那么就会用他的责任感对付他。”

凯蒂涌起一阵寒意，她似乎无法让查理明白情况有多么严重。他轻飘飘的态度令她不耐烦起来，她后悔来办公室见他。这里的环境震慑住了她，如果是依偎在他怀中，双手揽着他的脖子，说出她想说的话就会容易得多。

“你不了解沃尔特。”她说。

“我知道每个人都有他的价码。”

她全心全意地爱着查理，但他的回答令她心神不宁。对于一个如此聪明的男人来说，这话说得不免愚蠢。

“我觉得你还没意识到沃尔特有多生气。你没见到他的脸，还有他的眼神。”

他一时没有答话，只是微笑地看着她。她知道他在想什么。沃尔特是这里的细菌学家，职级低微，不至于不知天高地厚地给高层官员找麻烦。

“不要自欺欺人了，查理，”她认真地说，“沃尔特要是下定决心要提起诉讼，无论是你还是别人说的任何话都对他毫无影响。”

他的脸色又变得阴沉起来。

“他想把我列为共同被告吗?”

“最开始是这样，最后我设法让他同意跟我离婚了。”

“啊，那还不算太糟糕。”他又松弛了下来，她看到他的眼中流露出解脱的神色，“在我看来这是很好的抽身之道，毕竟，这是一个男人能做的最起码的事，是唯一体面的办法。”

“但是他有一个条件。”

他投来询问的目光，心中似乎正在思忖。

“我当然不是什么大富大贵之人，但我愿意做任何力所能及的事。”

凯蒂沉默了。查理正说着她从未料到他会说出的话，这些话压得她难以开口。她原本想的是可以依偎在他多情的怀抱里，灼热的面庞藏在他的胸口，然后把要说的话一口气全都说出来。

“他同意跟我离婚的条件是，你的太太要向他保证会跟你离婚。”

“还有别的吗？”

凯蒂难以启齿。

“还有——这实在很难说出口，查理，听起来有些难堪——要你承诺在离婚裁定生效后的一周之内娶我。”

25

他沉默了一会儿，然后又握住了她的手，轻柔地捏着。

“你知道，亲爱的，”他说，“不管发生什么，我们绝不能把多萝西牵扯进来。”

她两眼直直地看着他。

“可我不明白，这怎么做得到？”

“在这个世界上，我们不能只考虑我们自己。你知道，如果抛开其他事情，世上没有什么比娶你更让我渴望的了。但这是不可能办到的。我了解多萝西，什么也无法说动她跟我离婚。”

凯蒂变得异常惊恐，又哭了起来。他站起身，坐在她身旁，搂着她的腰。

“别难过了，亲爱的，我们必须保持冷静。”

“我还以为你爱我……”

“我当然爱你，”他温柔地说，“你绝对不可以怀疑这一点。”

“如果她不跟你离婚，沃尔特就会把你列为共同被告。”

他花了好一会儿思考怎样回答，语气变得冷淡。

“那肯定会毁了我的仕途，但恐怕对你也没多少好处。如果事情到了最坏的地步，我就得向多萝西和盘托出。她会非常受伤，会很痛苦，但她会原谅我的。”他想到一个主意，“说不定和盘托出还真是最好的办法。如果由她出面去找你丈夫，我猜她可以说服他闭嘴。”

“你的意思是，你不想跟她离婚？”

“哎，我得为我的儿子们考虑考虑，不是吗？而且我自然也不想让她难过。我们一直相处得很好。对我来说，她一直是位绝好的太太，你知道的。”

“那你当初为什么告诉我，她对你来说什么也不是？”

“这话我从来没说过，我说的是我对她没有爱情。我们已经有很多年没有同床共枕，只有偶尔例外，比如圣诞节，或者她回国前一晚，还有她回来那天。她不是一个热衷那类事情的女人，但我们一直都是极好的朋友。我不介意告诉你，我比任何人想象的都要依赖她。”

“那你不觉得当初还是不要来招惹我为好吗？”

她感到很奇怪，恐惧已经令她喘不过气来，可她竟还能如此平静地说话。

“你是我多年以来见过的最可爱的小东西，我疯狂地爱上了你，这个你怪不得我。”

“别忘了，你说过永远不会抛下我不管。”

“皇天可鉴，我绝不会抛下你不管。我们如今陷入了可怕的困境，我会竭尽所能让你解脱出来的。”

“除了那个最显而易见的选择。”

他站起身，坐回了自己的椅子。

“亲爱的，你得讲点儿道理。我们最好坦诚地面对这个情况。我不想伤害你的感情，但我必须对你说实话，我非常在意我的仕途。有朝一日我会成为总督，那可是一份天大的美差。除非我们能够摆平这件事，否则我不会有半点儿机会。我或许不至于辞掉公职，但它会成为我永远的污点。如果我不得不辞掉公职，那么我肯定会在中国做生意，因为我在这里有人脉。无论哪种情况，都必须有多萝西陪在我身边才行。”

“那你当初有必要告诉我，除了我，这世上你什么都不想要？”

他的嘴角烦躁地垂了下来。

“啊，我的宝贝，一个男人爱上你的时候，对他说的话不能太抠字眼儿。”

“所以那不是你的心里话？”

“那是当时的心里话。”

“要是沃尔特跟我离婚，我该怎么办？”

“如果我们的话实在站不住脚，当然也不必辩解。事情按理不会公之于众，而且如今人们的思想都很开放了。”

凯蒂第一次想到了母亲。她打了个寒战，又看了看汤森，痛苦的心中此时又掺杂了一些怨恨。

“我知道，对于我遭遇的困难你完全可以坐视不理。”

“彼此说这些难听的话是不会让我们有多大进展的。”他回答。

她发出一声绝望的哭喊。她那么一往情深地爱着他，却又如此地怨恨他，这是怎样的折磨。他不可能明白他对她有多么重要。

“啊，查理，你不知道我有多爱你吗？”

“亲爱的，我也爱你。可我们并不是生活在一座荒岛上，我们必须根据眼下的种种情况做出最好的选择。你真的得理智一点儿。”

“我怎么才能理智？对我来说，我们的爱就是一切，你就是我的全部生命。了解到这只不过是你人生中的一段插曲，这滋味儿可不太好受。”

“这当然不是一小段插曲。可是你要知道，让我跟我非常依赖的妻子离婚，再跟你结婚，最后毁了我的前程，你要求的未免太多了。”

“不比我愿意为你付出的更多。”

“我们的处境是不一样的。”

“唯一区别是，你不爱我。”

“一个男人可以非常爱一个女人，但未必希望与她共度余生。”

她飞快地看了他一眼，绝望攫住了她，大滴的泪珠沿着她的面颊滚落。

“啊，多狠心哪！你怎么会这么无情？”

她歇斯底里地抽泣起来，他焦虑地瞥了一眼房门。

“亲爱的，快克制一下自己。”

“你不知道我有多爱你，”她呜咽着说，“没有你我活不下去，你对我就没有一点儿怜悯吗？”

她已经说不出话来，放声大哭起来。

“我不想薄情寡义，天知道，我不想伤害你的感情，但我必须对你说实话。”

“你毁了我的整个人生。你当初不能不来招惹我吗？我做了什么伤害你的事？”

“如果把所有责任都推到我身上会让你好过些的话，那也没关系。”

突如其来的怒火让凯蒂爆发了。

“没错，是我往你身上扑的，是我对你百般乞求，你不答应我就纠缠不休的。”

“我没这么说。但如果你当初没有明确表示过愿意跟我做爱，我是绝对不会想到跟你做爱的。”

啊，太可耻了！她知道他说的都是真的。这时他的脸色阴沉而忧虑，双手不安地乱动着，眼睛时不时向她恼怒地一瞥。

“你的丈夫不能原谅你吗？”过了一会儿他说道。

“我没有请求过他原谅。”

他本能地攥紧双拳，凯蒂看到他压抑住了已到嘴边的怒吼。

“你为什么不去找他，乞求他的宽恕？如果他像你说的那样深爱着你，他一定会原谅你的。”

“你太不了解他了！”

26

她擦着眼泪，试图振作起来。

“查理，如果你抛弃我，我会死的。”

她此刻迫不及待地乞求他的同情。刚才她就该第一时间把情况都告诉他，如果他知道了摆在她面前的另一种可怕的选择，他的慷慨、正义和男子气概一定会被猛烈地激发出来，除了她的安危他不会再考虑其他事情。啊，她多么热切地想要感受他那充满爱意和安全感的手臂将自己搂住啊！

“沃尔特想要我去湄潭府。”

“啊，可那是闹霍乱的地方啊，他们赶上了五十年来最严重的疫情。那里不是女人家该去的地方，你绝对不能去。”

“如果你抛下我不管，我就不得不去。”

“你什么意思？我不明白。”

“沃尔特要去接替死去的传教士医生，他想让我跟他一起去。”

“什么时候？”

“现在，马上。”

汤森向后推了一下椅子，用困惑的目光看着她。

“可能是我太愚钝了，我完全搞不清楚你在说什么。如果他想让你跟他去那个地方，那还离婚吗？”

“他给了我两个选择。要么我去湄潭府，要么他提起诉讼。”

“哦，我明白了。”汤森的语气略有转变，“他真是一个挺正派的人，你说呢？”

“正派？”

“愿意到那边去绝对称得上仗义了，换作我连想都不敢想。当然了，他回来之后是会因此获得圣米迦勒及圣乔治勋章的。”

“可我呢，查理？”她痛苦地喊道。

“我觉得，如果他想让你去，在目前的情况下，我想不出你有什么很好的理由拒绝。”

“那就意味着去送死，必死无疑。”

“啊，得了，太夸张了。要是他这么觉得就不会带你去了，他的处境比你更危险。实际上你只要小心点儿就不会有太大危险。这里闹霍乱的时候我也在，结果毫发无伤。最重要的是别吃任何不熟的食物，别生吃水果或沙拉这类东西，确保喝的水要烧开。”他越说越自信，语言流利起来，少了些阴沉，多了些机敏，甚至有些轻松愉快。“毕竟这是他的工作，不是吗？他对病菌感兴趣，这对他来说是个好机会，你想想看。”

“可我呢，查理？”她又说了一遍，这一次没有痛苦，而是惊愕。

“理解一个男人，最好的办法就是站在他的角度思考问题。

在他看来你就是个调皮捣蛋的小东西，他想带你远离伤害你的环境。我一直认为他从没想过跟你离婚，他给我的印象不是那种人。他提出了一个他认为非常慷慨的提议，而你却拒绝了，这就惹恼他了。我不想责怪你，但是为了我们大家好，我真的认为你该稍微考虑一下。”

“可你不知道这会杀死我吗？难道你不明白他把我带去那儿是因为他明知道这样会杀死我吗？”

“啊，亲爱的，别这么说。我们正身处非常窘迫的境地，真的不是任性夸张的时候。”

“你已经下定决心要装糊涂了。”啊，她心中的痛苦，还有恐惧！她差点尖叫出来。“你不能眼睁睁送我去死，就算你对我没有爱或怜悯，你也一定有最基本的人性吧。”

“我觉得这样说我就太刻薄了。依我看，你的丈夫已经表现得非常大度了。只要你给他台阶，他就愿意原谅你。现在这个机会已经出现了，他想要带你走，去一个清静无害的地方待上个把月。我不会违心地说湄潭府是什么疗养胜地，我不知道有哪个中国城市算得上，但是也没理由担惊受怕的。实际上现在最不该做的就是担惊受怕。我相信瘟疫中纯粹死于恐惧的人跟死于感染的人一样多。”

“可我现在确实很害怕，沃尔特说起这件事的时候我差点晕过去。”

“我完全相信第一反应是震惊的，可你一旦冷静下来，就觉得也没什么了，不是每个人都能拥有这样的经历。”

“我以为，我以为……”

她的身体痛苦地来回晃动。他没有说话，脸上又一次现出阴沉的表情，这是她最近才见过的。凯蒂现在不哭了，她镇定下来，声音虽轻，却很平稳。

“你想让我去吗？”

“没有选择的余地，不是吗？”

“是吗？”

“有些话该跟你说清楚为好，就算你的丈夫提起离婚诉讼而且打赢了官司，我也不能娶你。”

他感觉仿佛过了很久很久她才回答。她缓缓站了起来。

“我觉得我的丈夫从来没有过提起诉讼的想法。”

“那你到底是为什么要过来把我吓得魂飞魄散？”他问。

她冷冷地看着他。

“他知道你会让我失望的。”

她沉默了。她隐约感觉，正如你在学习一门外语，读到了某一页，起初完全看不懂，然后一个词或一句话给了你线索。她混沌的头脑中突然灵光一闪，她隐约窥见沃尔特的内心是如何运转的。就像是黑暗而阴森的风景被一道闪电照亮，刹那间又被夜幕遮掩。看到的东西令她毛骨悚然。

“他做出那样的威胁，只是因为他知道这可以把你打垮，查理。真奇怪，他对你的判断竟然那么准确。故意让我面对如此残酷的幻灭，真像是他的风格。”

查理低头看着面前那张吸墨纸，眉头微蹙，嘴角下垂，没有答话。

“他知道你虚荣、怯懦、自私自利，他想让我亲眼看看。他知道危险来临的时候你会像一只野兔一样撒腿就跑。他知道我认为你爱我是受了多么严重的欺骗，因为他知道你根本不会爱任何人，除了你自己。他知道，你为了自己能够毫发无损，可以眼睛都不眨一下地牺牲我。”

“如果对我口出恶言真的能让你舒服一点儿的话，我想我也无权抱怨。女人从来都是不公正的，总有办法把过错推到男人身上。可是从另一面看，话又不是你这样说的。”

她对他的插嘴听而不闻。

“现在我知道了他知道的一切。我知道你冷酷无情。我知道你自私，自私得难以言表。我还知道你胆小如鼠。我知道你是个骗子，是个伪君子。我知道你是个十足的卑鄙小人。而可悲的是，”她的脸上突然露出狂乱而痛苦的表情，“可悲的是，尽管如此，我还是全心全意地爱着你。”

“凯蒂。”

她苦笑了一声。查理用他那融化人心的浑厚嗓音叫她的名字，这声音从他口中如此自然地流出，又如此没有意义。

“你这个蠢货。”她说。

他一下子缩了回去，满面通红，深受冒犯。他搞不懂她。凯蒂看了他一眼，目光透着一丝愉悦。

“你开始讨厌我了，对吗？那就讨厌好了，现在对我来说没有任何区别。”

她开始戴上手套。

“你准备怎么做？”他问。

“噢，别害怕，不会损害你的，你安全得很。”

“行行好，别这样说话，凯蒂。”他低沉的嗓音充满焦虑，“你一定要知道，一切与你有关的事情都与我有关，我特别急切地想知道下面会发生什么。你要对你丈夫说什么？”

“我要告诉他，我准备跟他一起去湄潭府。”

“说不定你一同意，他反而不再坚持了。”

他不知道为什么，说这话的时候，她用非常怪异的眼神看着他。

“你不是真的害怕？”他问。

“没有，”她说，“你鼓舞了我的勇气。置身霍乱瘟疫之中将会是一次独特的经历，如果我死了——嗯，那就死了吧。”

“我是想尽可能善待你的。”

她又看了他一眼，泪水再次涌上双眼，内心满溢着情感。她险些没有抑制住冲动，扑到他的怀里，用力地亲吻他的嘴唇。这没有用。

“如果你想知道的话，”她说，尽量保持声音平稳，“我的心里装着死亡和恐惧。我不知道沃尔特那阴暗扭曲的心里面有什么，但我吓得瑟瑟发抖。我想也许死亡真的会是一种解脱。”

她感觉再多待一刻就要控制不住自己了，飞快地向门口走去，趁他还没来得及从椅子上站起来，便夺门而出。汤森长舒了一口气，特别想来一杯白兰地配苏打水。

27

她到家时沃尔特也在。她本想直接回自己房间，但沃尔特就在楼下的门厅，对一个仆人吩咐着什么。凯蒂的心已经跌到谷底，哪怕蒙受羞辱也无所谓了。她停下脚步，面对着他。

“我跟你去那个地方。”她说。

“哦，好。”

“你想让我什么时候准备好？”

“明天晚上。”

她也不知道怎么便逞起了能。他的漠然像长矛一样刺穿了她。她说了一句让自己都吃惊的话。

“我想我只需要带几样夏天的东西，还有一块裹尸布就够了吧？”

她看着他的脸，知道她的轻佻之词触怒了他。

“我已经告诉阿嬷你需要什么了。”

她点点头，上楼回到自己房间，面色煞白。

28

终于快要到达目的地了。两人坐在轿子里，日复一日，沿着无边无际的稻田之间一条狭窄的田埂前行。他们清晨出发，一直走到烈日当头，被迫在路旁的一间客栈里避暑，然后继续前行，直到抵达他们安排好要过夜的城镇。凯蒂的轿子走在队伍最前面，沃尔特跟在后面，几个苦力尾随其后，散乱地排成一队，挑着他们的寝具、干粮和设备。凯蒂对四周的乡野风光视而不见，漫长的几个小时里，打破沉寂的只有挑夫偶尔的几句闲谈，或是田间不时传来的一段山歌俚曲。而在她饱受折磨的内心反复翻涌着的，是查理办公室里那令人心碎的一幕中的种种细节。回忆着他对自己说的话，和自己对他说的话，她沮丧地发现他们之间的交谈变得多么没有情味儿，多么公事公办。她没有说出她想说的话，也没有用她想用的语气说话。假如她能让他看到自己无限的爱意，还有她内心的激情和无助，那么他就绝不会如此无情，任她听天由命。她被搞得措手不及。当他用比直说更明确的方式告诉她，他根本不在乎她的时候，她简直无法相信自己的耳朵。这就是她这一路连哭都没怎么哭，只是如此恍惚的原因。从这时起她才开始哭泣，哭得痛彻心扉。

晚上在客栈里，她和丈夫同住主客房。她发现躺在几英尺外行军床上的沃尔特还醒着，于是用牙咬住枕头，以免发出声音。而到了白天，在轿帘的保护下，她任由自己宣泄出来。她痛苦至深，几欲高声呼喊。她从来不知道一个人可以遭受这样的苦痛，她拼命问自己，究竟是做了什么才落得如此。她不明白查理为什么不爱她——那是她的错，她猜想，可她已经竭尽所能讨他欢心。他们一直相处得很好，在一起时总是有说有笑，他们不仅是情人，也是好朋友。她想不明白。她的心碎了。她告诉自己，她恨他，鄙视他，但如果再也见不到他，她不知道自己该如何活下去。如果沃尔特带她去湄潭府是为了惩罚她，那只会显得他自己很愚蠢，因为现在她对于自身的遭遇还有什么好在乎的呢？她已再无生活下去的理由。于二十七岁的年纪了结一生还是有些残酷。

29

在溯西江而上的汽船上，沃尔特只是一刻不停地看书，不过吃饭时他还是试图找点儿话说。他对凯蒂说话时，仿佛她只是一个旅途中萍水相逢的陌生人，聊的都是些无关痛痒的话题，仅仅是出于礼貌，或者如凯蒂所料想，是因为他想借此与她进一步划清界限。

在她窥见沃尔特心中所想的瞬间，她曾告诉查理，沃尔特以离婚为要挟，要她陪自己去那座瘟疫肆虐的城市，是为了让她亲眼看到查理有多么冷漠、怯懦和自私。这是真的。这个招数非常符合他那讥讽的幽默感。他清楚地知道会发生什么，在她回家之前已经吩咐阿嬷做了必要的准备。她看出了他眼中的轻蔑，不仅是对她，也包括她的情人。

或许他内心对自己说，如果他身处汤森的位置，一定会为了满足她哪怕最微小的心血来潮而做出任何牺牲，世上没有任何事情可以阻碍他。她知道这也是真的。可是接下来，她已经擦亮了眼睛，他怎么还能让她做如此危险的事情？他一定知道这会吓坏她的。起初她以为他只是在捉弄自己，直到他们真的启程，不，是直到他们后来下了船，坐上轿子穿过乡野之前，她都以为他会笑着告诉她不必同往。她完全猜不透他头脑中在想什么，他不会真的想让她死，他曾经那么疯狂地爱着她。她现在知道了爱为何物，想起了他对自己的千般钟情。对于沃尔特，用一句法语俗语来说，她的确是“令他欢喜令他忧”。他不可能不再爱她了。你会因为遭受残忍对待就停止爱一个人吗？她带给他的痛苦没有查理带给她的多，但是只要查理给一个暗示，无论什么情况，哪怕已经认清他的真面目，她依然会抛下全世界，飞奔到他的怀里。哪怕他牺牲了她，对她漠不关心，哪怕他冷酷无情，她还是爱他。

最初她以为，只要假以时日，沃尔特早晚会原谅他。她过于自信对他的控制力，无法相信它已一去不返。大水浇不灭爱火。如果他爱她，他就有软肋，她觉得他一定是爱她的。可是现在，她已不再那么有把握了。晚上，他坐在客栈的直背黑木椅上看书，脸上映着防风灯的光，她得以自如地观察他。她躺在马上就要铺上床铺的硬床板上，处在灯光暗淡之处。他那棱角分明的五官令他的脸看起来格外严肃，你简直难以相信，这张面孔有时候竟会被一个那样温柔的笑容改变。他平静地阅读着，仿佛她在千里之外。她看着他翻页，看着他的目光一行接一行有规律地移动着。他没在想她。等到餐桌摆好，晚餐送进来时，他才把书放在一旁，瞥了她一眼（没意识到灯光把他的表情照得格外清晰），她惊愕地发现他的眼中流露出一种生理上的厌恶。是的，这令她惊愕。难道他对她的爱已经彻底褪去了？难道他真的设计置她于死地？太荒唐了，那是疯子干的事。可她有一种奇怪的感觉，沃尔特的神志可能真的不太清醒，想到这里，她全身轻轻战栗了一下。

30

突然，沉默已久的轿夫说起话来，其中一个转过身，说着她听不懂的话，打着手势，想要吸引她的注意。她朝轿夫指着的方向望去，看到有一座牌坊矗立在山顶，她现在知道，这是为了纪颂有幸高中的读书人或是坚贞守节的寡妇，下船之后他们一路上已见过许多。不过这一座，它被西沉的夕阳勾勒出的剪影，比她见过的任何一座都要奇妙和优美。然而不知为什么，这座牌坊令她不安，它包含着某种她可以感受到却难以言说的意义——她隐约感到这是一种威胁，还是一种嘲笑？她此时正穿过一片竹林，竹子以奇异的姿势向田埂倾斜，仿佛想要把她留下。这是一个无风的夏日傍晚，那细长的绿叶却在微微颤抖。这令她觉得好像有人躲藏其间，窥视着她走过。这时候他们来到了山脚下，绵延的稻田止步于此。轿夫们开始用摇摆的步伐行进。山上遍布着绿色的小土丘，一个挨着一个，使山地表面就像退潮后的沙滩一样布满了棱纹。这个她也知道，因为每当走近或离开一座人口稠密的城市时，她就会经过这样一片地方。这是坟地。现在她明白了那些轿夫为什么要让她注意山顶的那座牌坊——他们抵达了旅程的终点。

他们穿过牌坊，轿夫们停下来把轿杆换了个肩，其中一个用脏抹布擦了擦脸上的汗。山道蜿蜒而下，两侧立着破败的房舍。夜幕正在降临，轿夫们突然激动地交谈起来，猛地一个颠簸，他们紧贴着墙壁站成一溜。过了一会儿，她知道了是什么惊到了他们：正当他们站在那里喋喋不休时，四个农民走了过去，快速而安静，抬着一口新棺，没有上漆，崭新的木材在渐暗的天色中泛着白光。凯蒂感觉自己的心脏正在胸腔中惊恐地狂跳。棺材过去了，而轿夫们却站着不动，似乎无法唤起继续前行的意志。这时从身后传来一声叫喊，他们这才迈开脚步。现在他们不再说话了。

他们又走了几分钟，然后突然拐进一扇敞开的大门。轿子落了下来，她到了。

31

那是一栋平房，她走进正厅，坐了下来。苦力们挑着担子，一个接一个走进来。沃尔特在院子里吩咐他们把东西放在何处。她疲惫不堪，突然听到了一个陌生的声音，吓了一跳。

“我可以进来吗？”

她涨红了脸，随后又变得苍白。她过度紧绷，见一个陌生人令她提心吊胆。狭长低矮的房间里只点着一盏罩灯，一个男人从漆黑的夜色中走来，伸出了他的手。

“我叫沃丁顿，是这里的副关长。”

“哦，海关。我知道。我听说了你们在这儿。”

在昏暗的灯光下，她只能看出这是一个瘦小的男人，个头不比她高，秃顶，小脸上没有胡须。

“我就住在山脚下，但是你们从这条路上来应该没看见我的房子。我想你们肯定累坏了，没法来我家吃晚饭，所以我叫人在这里为你们预备了晚餐，自己当了不速之客。”

“非常感谢。”

“你们会发现这厨子还不赖，我把沃森的仆人们留给了你们。”

“沃森就是先前在这里的那个传教士？”

“对，一个很好的家伙，你们愿意的话，明天我带你们去他的坟墓看看。”

“你有心了。”凯蒂微笑着说。

这时候沃尔特走了进来。进屋见凯蒂之前，沃丁顿已经与他会过面，这时他说道：

“我刚刚告诉你太太，我准备跟你们一起吃晚饭。沃森死了之后我没什么人可以说话，只有那些修女，但我的法语实在是词不达意。再说了，能跟她们聊的话题也很有限。”

“我吩咐了仆人送点喝的过来。”沃尔特说。

仆人送来了威士忌和苏打水，凯蒂看到沃丁顿竟大大方方地自斟自饮起来。他说话的神态和动辄嘿嘿轻笑的样子让她觉得，他进来的时候就已经不太清醒。

“祝你们好运。”他说，接着转向沃尔特，“这儿的工作够你忙活的。人们正像苍蝇一样死掉。当官的已经晕头转向，带兵的余上校正费着老鼻子劲儿阻止抢劫。要是不能赶紧好转，我们躺在自家床上都会被人宰了。我想让修女们走，但她们死活不肯。她们都想当殉道者，真是见了鬼了。”

他说得轻描淡写，声音里含着一丝幽幽的笑意，令你听时忍俊不禁。

“你为什么还不走？”沃尔特问。

“我的手下已经没了一半，剩下的也随时可能倒下死掉，总得有人留下来收拾残局吧。”

“你打过疫苗了吗？”

“打了，沃森给我打的。不过他自己也打了，没起什么作用，可怜的家伙。”他转向凯蒂，滑稽的笑脸泛起了欢快的褶皱，“如果你采取适当的预防措施，我认为不会有太大的风险。把牛奶和水煮沸，不要生吃水果和蔬菜。你们带了什么唱片过来吗？”

“没有。”凯蒂说。

“那太遗憾了。我一直盼望着你们带点过来。我已经好长时间没听过新唱片了，早就听腻了我那些旧的。”

仆人走进来，问他们是否要用晚餐。

“你们今晚就不用更衣了吧？”沃丁顿说，“我的仆人上周刚死，现在的这个是个蠢货，所以我晚上都不换衣服了。”

“我去把帽子摘下来。”凯蒂说。

她的房间就在他们所坐之处的隔壁，只有寥寥几件简陋的家具，一个阿嬷正跪在地上，点着一盏灯，将凯蒂的东西从行李中取出来。

女人常常以为男人疯狂地爱上了她们，
而现实并非如此。

一个男人可以非常爱一个女人，
但未必希望与她共度余生。

人无法在工作或娱乐中找到安宁，
安宁不在尘世之中，
它只存在于人的灵魂中。

赢得人心的办法只有一个，
那就是让自己成为一个
值得爱的人。

重要的是去爱，
而不是被爱。

32

餐厅很小，大部分空间都被一张大餐桌占据。墙上挂着《圣经》场景的版画，上面配有解说文字。

“传教士的餐桌都很大，”沃丁顿解释道，“他们每生一个孩子，一年就能多拿很多钱。他们结婚的时候购置这样的餐桌，就是为了有足够的位子给新来的小朋友。”

天花板上吊着一盏大煤油灯，凯蒂得以把沃丁顿的样子看得更清楚些。他的秃顶让她误以为他不再年轻，但她现在看出他肯定还不到四十岁。高而圆的额头之下，他那张小脸上没有皱纹，肤色红润。那张脸丑得像只猴子，但丑陋之中也不失魅力——那是一张逗人发笑的脸。他的五官，特别是鼻子和嘴，比孩子的大不了多少。一双蓝眼睛小小的，却异常明亮，眉毛则浅淡而稀疏。他看起来就像一个滑稽的老男孩儿。在晚餐过程中，他不停地自斟自饮，醉态也越来越明显。不过就算醉了他也并不失礼，只是欢快得像是从熟睡的牧羊人那里偷走了酒囊的萨蒂尔[①]。

他聊起了香港，那里有很多他的朋友，他想了解他们的近况。一年前他参加过赛马，于是又聊起马儿和那些马的主人。

“顺便问问，汤森怎么样了？”他突然问道，“他当上辅政司了吗？”

凯蒂感觉自己脸红了，但她的丈夫没有看她。

“我毫不怀疑。”沃尔特回答。

“他是能出人头地的那种人。”

“你认识他吗？”沃尔特问。

“认识，我跟他很熟。有一次我们一起从国内出海。”

他们听到河对岸传来了锣鼓和鞭炮声。就在那里，离他们如此切近，整座大城笼罩在恐惧之中。而死亡，那么突然又那么无情地，席卷着大街小巷。可这时沃丁顿又开始谈起伦敦，聊到了那里的剧院，他知道现在上演的所有剧目，还给他们讲起了上次休假回国时看过的戏。回想起一个低俗的喜剧演员的幽默表演，他哈哈大笑；思及一位音乐喜剧女星的美貌时，他又啧啧不已。他得意地夸耀自己的一个表亲娶了一位大名鼎鼎的女星，他曾与之共进午餐，她还送了一张自己的照片给他。等他们以后来海关跟他吃饭，他一定拿给他们看。

沃尔特用冷淡而嘲讽的目光看着他的客人，但他显然也被沃丁顿逗得很开心。凯蒂很清楚他对这些话题一无所知，但他努

① 萨蒂尔（Satyr），古希腊神话中的森林之神，半人半兽的形象，好酒色。

力表现出礼貌的兴趣，一抹淡淡的微笑挂在他的嘴角。而凯蒂，她自己也不知为什么，此刻被深深地震慑。身处死去的传教士的房子里，下临瘟疫肆虐的城市，他们仿佛远离了整个世界。三个孤零零的动物，彼此都是陌生人。

晚餐结束了，她从桌前起身。

“介意我向你们道一声晚安吗？我要就寝了。”

“我要告辞了，我想医生也要睡了吧，”沃丁顿回答，“我们明天一大早就得出发。”

他与凯蒂握了握手，双脚站得挺稳，不过眼睛比之前更亮了。

“我会过来接你们的，”他告诉沃尔特，“带你们去见地方官和余上校，然后去拜访女修道院。我跟你说，这里有的是你忙活的。”

33

她一夜都被奇怪的梦折磨着。她似乎坐在轿子里被人抬着，轿夫迈着不平稳的大步子，令轿子摇摆起来。她进入一座座广阔而幽暗的城市，人们带着好奇的目光围拥着她。街道狭窄、曲折，开着门的店铺里摆满了稀奇古怪的商品。就在她经过之时，往来的车流停了下来，买卖东西的人也都暂停了交易。接着她来到了那座牌坊前，它那奇异的外形似乎突然间获得了骇人的生命，变幻无常的轮廓就像某位印度神祇挥舞的手臂，从下面穿过时，她听到了嘲笑声在回荡。随后，查理·汤森向她走来，将她从轿子里抱出来，说这一切都是个误会，他从未想要如此对待她，他爱她，没有她便活不下去。她感到他吻上了自己的唇，不禁喜极而泣，问他为什么如此残忍，不过她虽然这样问，却知道回答已无关紧要。接着是一声嘶哑而突兀的叫喊，两人被分开了，苦力们穿着破烂的青布衫，抬着一口棺材，从两人之间无声地匆匆走过。

她猛然惊醒。

那栋平房坐落在一个陡峭山丘的半山腰，她从窗口看到下面那条窄窄的河流，以及对面的城市。此时天刚刚破晓，河面上升起一层白色的薄雾，笼罩着一艘艘停泊在河边、如豆荚里的豌豆般紧密相邻的帆船。帆船数以百计，在幽幽的亮光中，它们寂静而诡秘，让人感觉船夫们像是被施了魔法，因为似乎并不是睡眠，而是某种奇异而恐怖的东西令他们如此静默。

晨幕渐开，太阳照在薄雾上，泛起死星一般雪白的微光。虽然河面雾气不重，可以隐约看出拥挤的帆船的轮廓，还有它们如密林一般的桅杆，但是在前方有一道亮晃晃的墙壁，目光无法穿透。突然之间，从那团白色的雾墙中现出了一座高大森然的堡垒。它与其说是被无所不至的阳光照亮的，更像是在魔杖的点化之下凭空而起。像一座残酷蛮族的据点，它高居于河流之上。而那修建它的魔术师迅速施为，此刻堡垒已冠上了一块彩壁，转瞬间，在迷雾中，一排排黄色、绿色的屋顶在金色阳光的点染下若隐若现。它们看上去如此庞大，令人看不出图案，而结构——如果真的有结构存在——也非目力所能得窥。它无沾无碍、恣意妄为，却又有着难以想象的丰盈。这不是城塞，也不是庙宇，而是众神之王的魔法宫殿，凡人无法踏足其中。它那样虚无缥缈、如梦似幻，不似出自人类之手——它是由梦所构筑的。

泪水沿着凯蒂的脸颊流下来，她凝望着，双手紧握于胸前，因屏住呼吸而微微张开了嘴。她的心从未感到如此轻盈，仿佛身体只是一具躯壳，横陈于脚边，自己则化为纯粹的灵魂。这就是美。正如信徒将口中的薄饼当作上帝，眼前景象于她亦如此。

34

沃尔特每天很早出门，午饭时只回来待半小时，然后便要等到晚饭刚备好时才回来，凯蒂备感孤独。有一段日子她足不出户。天气炎热，大部分时间她都躺在敞开的窗户旁的长椅上，试图读一读书。中午强烈的日光已将魔法宫殿的神秘感剥落，此时它只不过是城墙上的一座寺庙，俗艳而破败，但是因为她曾如此心醉神迷地凝望过它，便再也无法等闲视之。在黎明、黄昏或是夜晚，她常常发现自己能够再度领略到那种美。原先她眼中巍然的堡垒不过是一面城墙，在这巨大而黑暗的城墙上，她的目光久久停驻。在它的一座座雉堞背后，矗立着那座被恐怖的瘟疫笼罩的城市。

她隐约知道那里正发生着可怕的事情，不是沃尔特告诉她的，而是从沃丁顿和阿嬷那里知道的——她每次问沃尔特（否则他很少跟她说话），他总是以满不在乎的幽默回应，令她不寒而栗。那里的人们正以每天上百人的速度死去，一旦染疾，几乎都无法痊愈。各种神像被人从废弃的寺庙中搬出来，立在街上，人们在神像前摆上供品，做了献祭，却依然没能幸免于瘟疫。人死得太快，几乎没时间把他们葬掉。有些是整家整户死掉，连一个送葬的人都没有留下。军队的指挥官是一位铁腕人物，这座城市没有陷入暴乱和纵火，要归功于他的魄力。他勒令手下的士兵去埋那些无人埋葬的尸体，还亲手枪毙了一个抗拒进入染病房屋的军官。

凯蒂有时害怕得心惊胆战，四肢发抖。只要采取合理的预防措施风险就不大，这话说得容易，但她还是惊恐万分。种种疯狂的逃离计划在她头脑中翻来覆去。逃走，只要能逃出去就行！她随时准备说走就走，独自一人，除了身上这身衣服什么也不带，逃到某个安全的地方。她想过把自己交托给沃丁顿，把一切都告诉他，恳求他帮自己回到香港。或者，如果她给丈夫跪下承认她害怕了，非常非常害怕，即便他现在恨着她，也一定有足够的人性怜悯她。

这是不可能的。就算她走了，又能去哪里？不能回母亲那儿，母亲会明明白白地让她知道，把她嫁出去，就是为了要摆脱她，再者说她本身也不想回到母亲那里。她想去找查理，但他不想要她。她知道如果自己突然出现在查理面前他会说些什么。她会看到他阴沉的表情，还有他那双迷人的眼睛背后的精明冷酷。他很难找到什么的好听的话来说。她攥紧了拳头，本该不惜一切代价羞辱他一通，就像他羞辱自己一样。她有时会产生一种疯狂的念头，希望当时她让沃尔特跟她离了婚，毁了她自己，只要也能毁了他就好。每当回忆起他对自己说的某些话时，她就会羞耻得脸红。

35

第一次与沃丁顿独处时，她把聊天的话题引向了查理。沃丁顿早在他们刚到的那晚便说起过他。凯蒂假装他只是丈夫的一个旧相识。

“我从没多喜欢他，”沃丁顿说，“我一直觉得他是个无聊的人。”

“我看你一定是个很难取悦的人，”凯蒂回答，装出轻松调侃的语气，那是她最擅长的，“我想他绝对是香港最受欢迎的人了。”

“我知道。那是他的拿手好戏，他有自己的一套受人欢迎的诀窍。他有一种天分，能让每一个遇到他的人都觉得他是自己在这世界上最想遇到的人。他随时乐意为别人做些对他来说毫无麻烦的事，就算他不能效劳，也会设法给你留下一种印象，好像那件事比登天还难。”

“这的确是一种吸引人的特质。”

“有魅力，但是除了魅力一无所有，最后就会变得有点儿让人厌倦，我是这么觉得。跟一个不那么讨人喜欢但是更真诚一些的人打交道会轻松很多。我已经认识查理·汤森好多年了，有那么一两次我撞见了他摘下面具的样子——你知道，我只是一个微不足道的海关小职员——我知道他心里根本不在乎世上任何一个人，除了他自己。”

凯蒂懒洋洋地躺在椅子上，用含笑的眼睛看着他，一圈圈转着手指上的婚戒。

“他肯定会爬上去的，官场上的门道他都清清楚楚。在我死前，我完全相信有一天我会称呼他为‘阁下’，在他进屋时起身致敬。”

“大多数人都觉得他应该得到晋升，大家都认为他很有能力。”

“能力？胡说八道！他是个非常愚笨的人。他给你一种印象，他工作干净利落，全凭着他的聪明才智。根本就不是这样。他勤劳得就像一个欧亚混血小职员。”

“那他是怎么获得聪明能干的名声的？”

“世界上有很多蠢人，当一个人身居高位，不摆架子，拍拍他们的后背，说愿意为他们做世上任何事的时候，他们很容易认为这是个聪明人。当然，还有他的太太，那是个能干的女人。她有着清醒可靠的头脑，提出的建议总是值得采纳。只要有她在身边，查理·汤森就可以放心自己永远不会做蠢事，对于想在公职系统向上爬的男人来说，这是第一重要的。他们不想要聪明人，聪明人有想法，有想法就会惹麻烦，他们想要有魅力又圆滑、永远不会捅娄子的人。啊，是了，查理·汤森一定会平步青云的。”

“我想知道你为什么不喜欢他。”

"我没有不喜欢他。"

"但你更喜欢他太太？"凯蒂微笑着说。

"我是个老派男人，我喜欢有教养的女人。"

"但愿她穿衣服的品位也能配得上她的教养。"

"她穿衣服的品位不好吗？我从没留意过。"

"我总听别人说他们是一对恩爱夫妻。"凯蒂说，眯着眼睛观察着他。

"他非常爱护她，这个我得夸他，我觉得这是他身上最像样的地方了。"

"似褒实贬。"

"他也拈花惹草，但都不是认真的。他狡猾得很，不会让这些事持续太久，发展到不好收拾的地步。当然他也不是个多情的男人，只是个自负的家伙，喜欢被人仰慕。他已经四十岁，还发了福，他过得太滋润了。不过他刚来香港的时候长得还是非常英俊的，我经常听到他太太取笑他那些风流韵事。"

"她不怎么把他的风流韵事当回事？"

"是的，她知道那些事不会持续多久。她说她倒是很乐意跟那些迷上查理的小可怜交朋友，可惜她们通常都太平庸了。她说，爱上她丈夫的都是些平庸得不能再平庸的二流货色，她脸上实在没什么光彩。"

36

沃丁顿走后，凯蒂反复思忖着他随口说的话。听他说那些话很难让人愉快，她不得不努力装出漫不经心的样子。一想到他说的话都是真的，她就痛苦不已。她知道查理愚蠢、虚荣、渴望被人奉承，她还记得他是怎样得意扬扬地给自己讲那些证明他聪明的小故事。他为那些卑劣伎俩而自豪。如果她如此深情地把自己的心托付给这样一个男人，仅仅因为——因为他有一双漂亮的眼睛和一副好身材，那么她是多么一文不值啊！她希望能够鄙视他，因为她知道只要自己恨他，便几近于还爱着他。他对待她的方式该让她睁开双眼了。沃尔特自始至终就看不起他。啊，她要是能把这个人从头脑中彻底赶出去就好了！看到她对他那显而易见的迷恋，他太太有没有打趣过呢？多萝西说不定本想跟她交个朋友呢，却发现她是个二流货色。凯蒂微微一笑：母亲要是知道她的女儿被人这样看待，得气成什么样子啊！

然而夜里她又梦到了他。她感觉到他的双臂正紧紧搂着自己，双唇热情洋溢地吻着她的唇。四十岁发了福又有什么关系？她温情脉脉地笑起来，笑他太在意了。因为他孩子气的虚荣心，她更加爱他，她可以怜悯他，抚慰他。她醒来时，泪流满面。

不知为什么，睡梦中哭泣令她感觉如此悲惨。

37

她每天都能见到沃丁顿，因为一天的工作完成之后他总会溜达上山，来到费恩家的平房。所以一周以后两人就已经十分亲近，而在其他环境下一年都未必能够如此。有一回凯蒂对他说，要是没有他，她可真不知道该怎么办。他笑着回答：

“你看，这里只有你和我两个人能够安安静静、踏踏实实地行走在坚实的土地上，修女们行走在天国，而你的丈夫，行走在黑暗里。”

她不经意地笑了笑，但心里纳闷他是什么意思。她感到他那双快乐的蓝色小眼睛正以一种和蔼却又令人不安的目光端详着她的脸。她已经发现他是个精明的人，她感觉自己跟沃尔特的关系激起了他的疑心。看这件事让他摸不着头脑，凯蒂乐在其中。凯蒂喜欢他，知道他想要善待自己。他既不机智，也无才情，但他谈论事情总能敏锐地切中要害，让人兴味盎然。再加上光秃秃的脑壳下那张滑稽的孩子气的脸，一笑起来便扭成一团，有时让他说的话显得滑稽至极。他在海外生活了很多年，常常找不到同一肤色的人交谈，他的性格就在这种古怪的自由中塑成。他满身的奇行与怪癖，他的坦率令人耳目一新。他似乎总是玩世不恭地看待生活，尖酸地嘲笑香港的那些人，不过他也打趣湄潭府的中国官员，打趣这场肆虐全城的霍乱。每当他讲述一个悲惨的故事或者某个英雄事迹的时候，往往带着些荒唐可笑的意味。他在中国闯荡了二十年，其间有很多奇闻轶事，让人从中得出一个结论：人间是一个十分奇异、荒诞且虚妄的地方。

虽然他否认自己是一个中国通（他说那些汉学家就像发情的野兔一样疯疯癫癫），但他的中文说得轻松自如。他读书很少，主要是从交谈中学习。不过他时常给凯蒂讲中国小说和历史中的故事，尽管讲的时候带着他习以为常的轻浮调侃，但听起来是那么愉快，甚至温柔。在她看来，或许在无意之中，他采取了中国人的视角，觉得欧洲人是野蛮人，他们的生活是愚蠢的——而中国人的生活是如此高明，达者可以从中领悟某种生活的真谛。这些话耐人寻味，除了颓废、肮脏、无可救药之外，凯蒂先前从未听过关于中国人的其他评价。一瞬间，仿佛窗帘被掀起了一角，她瞥见一个色彩斑斓、深邃丰盈的世界，这是她做梦也想不到的。

他坐在那里，说着，笑着，喝着酒。

“你不觉得你喝得太多了吗？”凯蒂大着胆子对他说。

“这是我人生一大乐趣，”他回答，“再说了，它还可以预防霍乱。”

他离开时已经醉醺醺了，但是没有失态。酒让他快活，而不是讨人嫌。

一天傍晚，沃尔特比平常回来得早了一些，留他一起吃晚饭，其间发生了一件不寻常的事。他们喝了汤，吃了鱼，接着仆人把鸡肉和一盘新鲜的蔬菜沙拉一起端给了凯蒂。

“老天爷，你不能吃那个。”看到凯蒂盛了一些出来，沃丁顿大叫起来。

“我们每晚都吃这个。”

“我太太喜欢沙拉。”沃尔特说。

沙拉盘递到了沃丁顿面前，他摇了摇头。

“非常感谢，但我暂时还没考虑过自杀。”

沃尔特森然一笑，自己盛起来。沃丁顿不再多言，变得异常沉默，晚饭后很快就告辞了。

他们的确每晚都吃沙拉。他们到这里两天之后，厨子带着中国人的漠不关心的态度，把沙拉送了进来。凯蒂不假思索地盛了一些，沃尔特立刻探身过来。

“你不能吃这个，仆人把它端上来真是疯了。”

“为什么不能？”凯蒂问，直勾勾地看着他。

“太危险了，现在吃这个愚蠢至极，你会害死自己的。”

“我就是这个意思。”凯蒂说。

她平静地吃起来，沉浸在不知从哪里来的虚张声势的气概之中。她用嘲笑的目光观望着沃尔特，看到他脸色有些苍白，不过沙拉端到他面前时，他也取了一些。厨子发现他们没有拒绝，于是每天都给他们做沙拉。怀着求死之心，他们统统吃下。冒这样的险很荒谬。凯蒂原本为了疾病提心吊胆，盛沙拉的时候，她感觉自己不仅是在恶意报复沃尔特，也是在藐视自己那绝望的恐惧。

38

这事过后的第二天下午，沃丁顿又来到了他们的平房，坐了一会儿，然后问凯蒂是否愿意跟他出去走走。凯蒂自从来到这里之后就没有走出过院子，于是欣然应允。

“恐怕没有太多可走的地方，”他说，“不过我们可以上山顶转转。”

“啊，好啊，就是有牌坊的那个地方吧。我经常从露台望见它。”

一个仆人为他们打开沉重的院门，他们踏入尘土飞扬的巷子。刚走出几步，凯蒂突然惊恐地抓住了沃丁顿的手臂，发出一声惊叫：

“看！”

“怎么了？”

在院子的墙根底下，一个男人仰面躺着，两腿叉开，双臂伸过头顶。他穿着打补丁的破烂青布衫，乱蓬蓬的头发像当地乞丐。

“他看上去好像死了。”凯蒂倒抽一口凉气。

“他死了。快走吧，别看他。等我们回来，我找人把他抬走。”

但是凯蒂颤抖得厉害，动弹不得。

“我以前从来没见过死人。”

“那你最好赶紧习惯，因为在你离开这片乐土之前还会见到很多。”

他拉住她的手，让她扶着自己的胳膊。两人默默走了一会儿。

“他是死于霍乱吗？”她终于开口。

“我想是的。”

他们一路往山上走，来到了那座牌坊前。它精工雕刻，像这片土地上的界标一样，壮丽而又讽刺地矗立在那里。两人坐在底座上，面对着广阔的平原。山上密布着绿色的小坟堆，没有成排，而是杂乱无章，让人感觉在地表之下他们一定以古怪的姿势彼此推推挤挤。狭窄的田埂在青青的稻田中蜿蜒伸展。一个小男孩儿骑在水牛脖子上，慢悠悠地赶它回家。三个戴着宽边草帽的农民侧身挑着沉重的担子，晃晃悠悠地走着。炎热的白昼已去，在那里吹着黄昏的微风多么惬意，辽阔的乡野给饱受折磨的心灵带来了一抹宁谧的忧郁。然而，凯蒂忘不掉那个死去的乞丐。

“你是怎么一边看着自己周围的人死去，一边还能喝着威士忌说说笑笑的？”她突然问。

沃丁顿没有回答。他转过身，看着她，然后把手搭在她的胳膊上。

“你知道，这里不是女人家该来的地方，”他严肃地说，“你为什么不走？”

她透过长长的睫毛斜瞥了他一眼，嘴角挂着一丝微笑。

“我以为在这种情况下，妻子就该陪在丈夫身边。”

“他们发电报告诉我你要跟费恩一起来，我大吃一惊。但随后我就想到，或许你当过护士，这个在这边派得上用场。我原以为你也是那种板着脸的女人，对待生病住院的人就像对待猪狗一样。当我走进平房看见你坐在那儿休息时，我一下子愣住了——你看起来虚弱、苍白而且疲惫。”

“你不能指望我赶了九天的路还能保持最佳的气色。”

“你现在看起来仍然虚弱、苍白而且疲惫，而且恕我直言，非常不快乐。”

凯蒂忍不住涨红了脸，但她勉力哈哈一笑，听起来足够欢快。

“很抱歉你不喜欢我的脸色。我看起来不快乐的唯一原因是，自从十二岁起，我就知道我的鼻子有点太长了。但是，怀着隐秘的忧伤是一种最吸引人的姿态，你想不到曾有多少可爱的青年想要安慰我。”

沃丁顿那双明亮的蓝眼睛盯着她，她知道自己的话他一个字都不相信。只要他假装相信，她就无所谓了。

“我当时知道你结婚不太久，所以得出一个结论：你和你的丈夫正在热恋当中。我无法相信他会希望你来这里，但有可能是你断然拒绝了置身事外。”

“这是个很合理的解释。”她轻描淡写地说。

“对，但这不是真正的原因。”

她等着他说下去，对他接下来要说的话感到恐惧，因为她深知他很精明，也知道他有话直说，从不顾忌。但她还是忍不住想听听他怎么谈论自己。

“我认为，你一刻都没爱过你的丈夫。我觉得你厌恶他，或者说憎恨他也不足为奇。但我敢肯定的是你害怕他。”

她把目光移开了一会儿，不想让沃丁顿看到他说的话影响了自己。

“我怀疑你不是很喜欢我丈夫。”她的话里带着冷冷的讥刺。

“我很尊重他。他有头脑，也有品格，而这两者，我可以告诉你，是非常罕见的结合。我猜你不知道他在这儿做什么，因为我觉得他不愿意跟你多说。如果真的有人能单枪匹马终止这场骇人的疫病，那么他就是这个人。他正在救治病人，清理城市，设法把饮用水弄干净。他不在乎去哪里，不介意做什么。他每天要冒二十次生命危险。他把余上校拉到自己这一边，说服他把军队供自己差遣。他甚至还去鼓动地方官，现在那个老家伙还真的想要做点什么了。修道院的修女们非常崇拜他，认为他是一个英雄。”

“你不认为吗？”

“毕竟这不是他的工作，对吗？他是一个细菌学家，没人叫他来这里。他也没给我留下对所有这些垂死的中国佬满怀同情的印象。沃森不一样，他爱人类，虽然他是个传教士，但是救治的究竟是基督徒、佛教徒还是信奉儒家思想的人，对他来说毫无差别，他们都是人类。你的丈夫来这里，并不是因为他对成千上万的中国人死于霍乱有一星半点儿的在乎，也不是出于对科学的兴趣。他为什么来这里？”

“你最好问他本人。”

“看到你们在一起让我很感兴趣。我有时很好奇你们独处时是怎样的。有我在的时候你们两个都在演戏，而且说真的，演得很差劲。如果那就是你们最好的演技，恐怕你们俩在巡回剧团里一周都赚不到三十先令。”

“我不明白你什么意思。”凯蒂笑着说，继续装出轻浮的样子，但她知道这骗不过他。

“你是个非常漂亮的女人。蹊跷的是，你的丈夫从来不看你。他跟你说话时的声音听起来不像是他自己的，而像是别人的。”

“你觉得他不爱我吗？”凯蒂低声问，声音有些嘶哑，一改先前的轻佻。

“我不知道。我不知道他是不是对你很厌恶，乃至一靠近你就会起鸡皮疙瘩。还是说他心中燃烧着爱的火焰，但出于某种原因不允许自己表现出来。我心里嘀咕你们两个是不是来这里寻死的。”

吃沙拉的时候，凯蒂见到过沃丁顿向他们投来的惊愕眼神，还有随之而来的审视。

“我觉得你太把几片生菜叶子当回事了。”她轻蔑地说，然后站起身，“我们回去吧？我猜你肯定想来一杯威士忌配苏打水了。”

“你怎么看都不是一个女英雄，你吓得要死。你真的不想离开这里吗？”

“这跟你有什么关系？”

“我可以帮你。”

“你要爱上我那隐秘的忧伤表情了吗？看看我的侧脸，告诉我，我的鼻子是不是有点太长了。”

他若有所思地端详她，明亮的双眼流露出恶毒和嘲讽的神色，但与之交织在一起的，是一道影子，像是伫立河边的一棵树倒映在水中，那是一种纯然的善意。这目光让凯蒂一下子热泪盈眶。

“你一定要留下吗？”

“是的。”

他们穿过那座华丽的牌坊，向山下走去。回到院子，他们又看到了那个乞丐的尸体。他握住了凯蒂的手臂，但她挣脱出来，一动不动地站着。

“很可怕，不是吗？”

“什么？死亡吗？”

“对。它让其他的一切都显得那么微不足道。他看起来不像是个人。看着他的时候，你很难让自己相信他曾经活着。很难想象没几年前，他还只是一个在山上乱跑、放风筝的小男孩儿。”

她一阵哽咽，忍不住抽泣起来。

39

几天后，沃丁顿陪凯蒂坐着，手里端着一大杯威士忌配苏打水，跟她说起了女修道院。

“院长是个非常了不起的女人，”他说，“修女们告诉我，她出身于法国某个最显赫的家族，但她们不告诉我是哪一个。她们说院长不希望被人谈起。”

“如果你感兴趣，为什么不直接问她？”凯蒂笑着说。

“你要是认识她就会知道，这种不慎重的问题是不可能问她的。”

“她能让你这么敬畏，看来一定是个非常了不起的女人。”

“我从她那儿捎了话给你。她让我告诉你，当然你可能不希望冒险到瘟疫的中心去，不过如果你不介意的话，她会很乐意带你参观一下修道院。”

“非常感谢她的好意，真没有想到她还知道有我这个人。”

“我说起过你。我现在每周过去两三次，看看有没有什么能做的，我猜你先生也跟她们说起过你。你得有心理准备，你会发现她们对他无比钦佩。”

“你是天主教徒吗？”

他双眼闪烁着狡黠的光，滑稽的小脸笑得皱了起来。

“你干吗冲我笑？”凯蒂问。

“加入天主教有什么好处吗？不，我不是天主教徒。我称自己为英国国教徒，我想这是一种委婉的方式表达你对什么都不是很信奉……院长十年前来到这里，带了七个修女一起，如今只剩下三个，其余都死了。你看，就算在最好的日子里，湄潭府也不是什么疗养胜地。她们现在住在城中央最破败的地方，非常勤劳地工作，从没休过一天假。”

“现在那里只有三个修女和院长吗？”

“啊，不，更多的人来接替了她们，现在有六个人。瘟疫刚开始的时候有一个死于霍乱，于是又有两个从广东过来。”

凯蒂打了个哆嗦。

“你冷吗？”

“不，只是感觉有人踏过我的坟头。”

“她们离开了法国，也就永别了故土。她们不像新教的传教士，时不时就会有一年的休假。我总觉得这一点是最难熬的。我们英国人对故土没有很强烈的依恋，可以四海为家。但法国人不一样，我认为，他们和国家之间有一种几乎是生理上的牵绊。一旦离开，他们从来不会真正感到自在。这些女人做出这样的牺牲，在我看来是非常感人的。我猜想假如我是一个天主教徒，这对我来说也是自然而然的事情。”

凯蒂淡淡地看着他。她不太理解这个小个子男人说话时的情绪，心里嘀咕这是不是故作姿态。他已经喝了很多威士忌，或许已不太清醒。

“自己过来看看吧，”他说，带着戏谑的微笑，很快读懂了她的心思，“这远没有生吃西红柿危险大。”

“既然你不怕，我也没有理由害怕。”

“我想你会觉得有意思的。那里有点儿像法国。”

40

他们乘舢板渡过河去。一顶轿子在浮动码头等着凯蒂，抬着她上了山，来到水闸。苦力们正经过这儿去河里打水，他们肩扛吊着大水桶的扁担，急匆匆地来回奔走，水溅满堤道，仿佛下过一场大雨。凯蒂的轿夫发出短促尖利的喊声，叫他们让道。

“所有生意当然都停了。”沃丁顿走过她身边说，“在往常，你得在上下帆船运货的苦力中间艰难地杀出一条路来。”

街道狭窄而蜿蜒，凯蒂完全丧失了方向感，不知去向何方。很多店铺都关门了，她在来这里的旅途中已经习惯了这儿街道的凌乱，但眼前是堆积几周的垃圾和废弃物，那股恶臭令她不得不用手帕掩住口鼻。以往在中国城市中穿行时，她总是被人群的注视弄得不知所措，而现在她发现向她投来的最多不过是漠然的一瞥。过路人不像以往那样成群结队，而是稀稀落落的，似乎各自操心着各自的事情。这些人一个个自惭形秽，无精打采。他们不时经过一栋栋房子，听到敲锣声和某种不知其名的乐器尖厉不绝的哀鸣。那一扇扇紧闭的房门之后，都躺着一个死者。

“我们到了。”沃丁顿终于说道。

轿子落在一个小门口，门的上方悬着一具十字架，两边是长长的白墙。凯蒂走出轿子，沃丁顿按响了门铃。

“你不能指望见到什么豪华的东西，你知道，她们穷得要命。”

门是由一个中国姑娘打开的，沃丁顿说了一两句话后，她便领着他们走进门廊一侧的一个小房间。那里有一张铺着方格油布的大桌子，靠墙摆着几把硬木椅。房间的一端立着一尊圣母玛利亚的石膏像。不一会儿，一个修女走了进来，她身材矮胖，相貌平平，有着红润的脸颊和快活的眼睛。沃丁顿称呼她为圣约瑟修女，将凯蒂介绍给了她。

“C’est la dame du docteur?”①她笑容满面地问道，然后补充说院长很快会来接待他们。

圣约瑟修女不会说英语，凯蒂的法语也磕磕巴巴，而沃丁顿的法语虽然有欠准确，但是说起来滔滔不绝，不断发表着逗乐的言论，让这位性格开朗的修女笑得前仰后合。她那轻松欢快的笑声令凯蒂大吃一惊。她本以为修道院的人总是很严肃，而这孩子般可爱的欢快劲儿触动了她。

---

① 法语：这位是医生的太太吗？

41

门开了，引起凯蒂注意的是，它打开的样子不太自然，仿佛自己靠铰链转开似的，这时院长走进了小房间。她在门槛站了片刻，看了一眼笑嘻嘻的修女和沃丁顿皱巴巴的小丑般的脸，嘴角泛起一丝庄重的微笑。接着她走上前，向凯蒂伸出手来。

“费恩太太？”她说英语带有浓重的口音，发音却是准确的，她略一欠身，“很高兴能够认识我们善良勇敢的医生的太太。”

凯蒂感觉院长的眼睛毫无顾忌地久久打量着她。那目光十分坦率，因而不显失礼，让你感到这个女人的工作便是对人做出评价，而旁敲侧击实属多此一举。她端庄而亲切地示意访客就座，然后自己也坐下。圣约瑟修女站在院长一侧，略微靠后，依然微笑着，但不再说话。

“我知道你们英国人喜欢喝茶，”院长说，“所以我叫人准备一些，不过是中式的喝法，还请你们多包涵。我知道沃丁顿先生更喜欢威士忌，但是我恐怕满足不了他。”

她微笑起来，严肃的目光中透出一丝狡黠。

“啊，别这样，ma mère[1]，你说得好像我是个烂酒鬼一样。”

“我倒希望听你说你不会喝酒，沃丁顿先生。”

“我什么时候都可以说，我不会喝酒，只会喝醉。”

院长笑起来，把这轻浮的玩笑翻译成法语说给圣约瑟修女听，用悠长而友善的目光看着他。

“我们必须体谅沃丁顿先生，因为有两三次我们完全没有钱了，不知道怎样养活我们的那些孤儿了，都是沃丁顿先生雪中送炭。”

这时，先前为他们开门的那个皈依者端着托盘走了进来，上面放着中式茶杯、茶壶还有一小盘叫作玛德琳小蛋糕的法式点心。

“你们一定要尝尝这个玛德琳小蛋糕，”院长说，“这是圣约瑟修女今天早上亲手为你们做的。”

他们开始闲话家常，院长问凯蒂在中国待多久了，从香港过来是否旅途劳顿，还问她去没去过法国，是否觉得香港的气候很难熬。对话细琐而友善，在这样的环境下有一种别样的滋味。会客室里安静异常，令人无法相信这是身处一座人口稠密的城市中心。这是一方安宁之地。不过就在它的四周，瘟疫正在肆虐，民众焦躁恐慌，由近乎强盗的军人强硬控制着。在女修道院的院墙之内，医务室里挤满了染病和垂死的士兵，修女们照料的孤儿有四分之一已经死了。

---

① 法语：我的嬷嬷。

不清楚为什么，观察着这位端庄的问着这些平易近人的问题的女士，凯蒂深受触动。院长一袭白服，上面唯一的色彩是烙在胸前的一颗红心。她是个中年女人，可能有四五十岁，但是无法断言，因为她光滑、苍白的脸上几乎没有皱纹，旁人觉得她早已不再年轻，这个印象主要得自她高贵的举止、她的自信，还有她那双优美、有力却又消瘦的手。她是长脸，嘴巴很大，牙齿也大而整齐，鼻子虽然不小，但是匀称灵敏。然而，正是黑色细眉下的那双眼睛，赋予她的面容以严峻和悲愁的气质。那双眼又黑又大，虽然算不上冷淡，但那平静和笃定的目光令人感到格外信服。见到院长，你的第一感觉会是，她少女时代一定很美丽，但是马上就会意识到，这个女人的美来自性格，随着岁月而增长。她的声音低沉、冷静，无论英语还是法语都说得慢条斯理。不过她身上最引人注目的地方，是由基督徒的慈悲所调和的权威感，你会感觉她习惯于发号施令。被服从对她来说是自然而然的，不过她受之以谦逊。你不难看出，她能够深刻意识到支撑着她的教会权威。可是凯蒂猜测，尽管举止威严，但她对人性的弱点有着通达人情的包容，当沃丁顿信口胡言之时，你看着她那庄重的微笑，会确信她对荒谬可笑的事物有着活跃的感知力。

她的身上还有一些别的特质，凯蒂隐约感觉到了，却无法言说。院长的和蔼态度和优雅举止让凯蒂觉得自己就像是个笨拙的女学生，但正是另外的这种特质，令她们之间有了距离。

42

“Monsieur ne mange rien.[1]”圣约瑟修女说道。

“先生的胃口被满族人的饭菜毁了。”院长回答。

圣约瑟修女脸上的笑容褪去，表现出一本正经的样子。沃丁顿露出调皮的目光，又取了一块蛋糕。凯蒂不明白发生了什么。

“为了证明你们说话多么不公道，ma mère，我要毁了今天等着我的那顿美味晚餐。”

“如果费恩太太想参观一下修道院，我很乐意带她看看。”院长转向凯蒂，带着不好意思的笑容，“很抱歉让你看到一切都乱糟糟的样子。我们有太多工作要做，又没有足够的人手。余上校坚持要让我们把医务室交给生病的士兵掌管，我们不得不把餐厅变成孤儿用的医务室。”

她站在门口让凯蒂过去，然后与她并肩而行，身后跟着圣

① 法语：先生什么都不吃。

约瑟修女和沃丁顿，四人一起沿着凉爽的白色走廊走着。他们首先走进一个空旷的大房间，里面有许多中国女孩儿在做着精美的刺绣。见到访客进来，她们站了起来，院长给凯蒂展示了她们的几个作品。

“即便在瘟疫期间我们也继续着，因为这可以让她们不那么担惊受怕。”

他们走进第二个房间，年纪更小的女孩儿们正做着简单的缝纫、镶边和缝补工作。接着又走进第三个房间，里面只有些幼童，由一名中国教徒照看着。他们正闹哄哄地玩着，院长一走进来便被他们团团围住。他们都是两三岁的小家伙，长着中国人的黑眼睛和黑头发。他们有的抓住她的手，有的藏到她的宽大的裙摆里面。一抹迷人的微笑点亮了她严肃的面容，她抚弄着他们，轻声说着逗孩子的话，凯蒂虽然不懂中文，也能感到这些话如同温柔的爱抚。她打了个激灵，因为这些穿着统一服装的孩子，皮肤灰黄，发育不良，再加上扁平的鼻子，在她看来简直不像是人类——有些令人厌恶。但是院长站在他们中间，仿佛慈爱的化身。她想要离开房间，孩子们却不让她走，揪住她不放，于是她只好一边笑着哄他们，一边轻轻用力挣脱出来。在这位伟大的女士身上，他们没有发现任何让人惧怕的地方。

“你想必知道，”走在另一条走廊时她说道，“他们之所以是孤儿，是因为父母想要抛弃他们。我们给这些父母一点钱，让他们把孩子送来，否则他们不会费这个事，而是会直接把孩子扔掉。”她转头问修女，“今天有送来的吗？”

“四个。”

“现在闹着霍乱，他们比往常更着急甩掉包袱，抛弃没用的女孩儿。”

她带凯蒂参观了宿舍，然后他们经过一扇门，门上写着“医务室”三个字。凯蒂听到里面传来阵阵呻吟和大声的哭喊，以及一些不像是人类在痛苦时能发出来的声音。

“我就不带你看医务室了，”院长用平和的语气说，“那景象不是一般人想看到的。”她突然想起了什么，“不知道费恩医生在不在里面？”

她用询问的目光看了一眼修女，修女带着愉快的微笑打开门，轻轻走进去。敞开的门让凯蒂得以听到里面更加骇人的惨叫，她不由得向后缩了缩。这时圣约瑟修女回来了。

“他之前在的，现在不在了，要晚些才回来。”

“六号怎么样了？”

“Pauvre garçon[①]，他死了。”

院长在胸前画了一个十字，嘴唇微动，做了一个简短的默祷。

他们经过一个院子，凯蒂的目光落在两个长条形的东西上，它们并排躺在地上，上面盖着一块青色棉布。院长转向沃丁顿。

“我们的床位太少了，不得不让两个病人挤一张床，一旦一

---

① 法语：可怜的孩子。

个病人死了，就必须立刻送走，好腾出地方给下一个人。”随后她对凯蒂微微一笑，“现在我们带你参观我们的礼拜堂，我们以此为豪，不久前一位在法国的朋友给我们寄来了一尊真人大小的圣母雕像。”

43

礼拜堂不过是一间狭长低矮的屋子，墙壁刷成了白色，摆着几排松木长凳。尽头是供奉圣像的祭坛，圣像由熟石膏筑成，涂以粗糙的油彩，崭新、明亮而俗艳。它的背后是一幅耶稣受难油画，两个玛利亚在十字架脚下，悲伤的样子过于浮夸。这幅画很低劣，深色颜料的运用出自一双对色彩之美一无所知的眼睛。它的周围是十四处苦路图，是同一庸手所为。这间礼拜堂丑陋而粗俗。

两个修女一进门便跪了下来，一番祷告之后站起身，院长又开始跟凯蒂聊起来。

“凡是易碎的东西，送过来的时候都碎掉了，但是我们的捐赠者从巴黎运来的圣像却连一点儿破损也没有。毫无疑问，这是神迹。”

沃丁顿恶毒的眼睛里闪着光，但是管住了嘴巴。

“圣坛装饰画和十四处苦路图都是由我们的圣安塞尔姆修女画的，”院长在胸前画了一个十字，“她是一名真正的艺术家。不幸的是，她染上瘟疫去世了。你不觉得这些画很美吗？”

凯蒂支支吾吾地表示认同。祭坛上摆着几束纸花，华美的烛台令人分神。

“我们有幸在这里保存着圣餐礼。”

“是吗？”凯蒂不太明白。

“在这困难重重的时期，这对我们来说是极大的安慰。”

他们离开礼拜堂，沿原路回到最初坐的会客室。

“走之前，你想不想看看今天早上送来的婴儿？”

“非常乐意。”凯蒂说。

院长把他们带到走廊另一端的一个很小的房间。桌子上盖着一块布，下面有东西在奇异地蠕动。修女把布掀开，露出四个赤身裸体的小婴儿。他们皮肤通红，胳膊和腿翻来覆去地做着滑稽的动作。古怪的小脸扭曲得如同做鬼脸，他们看起来不太像人类，而像某种奇怪的未知物种。但在这幅景象中，依然有某种异乎寻常的东西令人感动。院长笑眯眯地看着他们。

“他们看着很活泼，不过有时候孩子一送过来就死了。当然，他们刚一到这里我们就会为他们施洗。”

“太太的丈夫看见他们会很高兴的。”圣约瑟修女说，“我觉得他可以跟他们玩上好半天。孩子哭的时候，他只要把他们抱起来，搂在臂弯里哄着，他们就会开心地笑起来了。”

随后，凯蒂和沃丁顿到了门口，凯蒂郑重地感谢了院长的殷勤接待。这位修女向他们微微鞠躬，高贵而不失亲切。

“非常荣幸。你不知道你的丈夫对我们多么仁义，帮了我们多大的忙。他是上天派来的。很高兴你跟他一起来这边，每天他回到家，看到你一脸温柔、充满爱意地等着他，对他一定是莫大的慰藉。你一定要好好照顾他，不要让他工作太辛苦。你一定要为了我们所有人好好照顾他。”

凯蒂脸红了，不知道该说些什么。院长伸出了手，当她握住的时候，发现那双冷静而关切的眼睛正盯着自己，那目光是超然的，却又似乎带着一份深厚的理解。

圣约瑟修女在他们身后关上了门，凯蒂坐进了轿子。他们穿过狭窄蜿蜒的街道往回走。沃丁顿随口说了句什么，凯蒂没有回答，他转头望向她，但轿子的侧帘拉上了，他看不到她，只好继续默默前行。等他们到达河边时，凯蒂走出了轿子，他惊讶地看到，她的眼中满是泪水。

“怎么回事？”他问，脸上皱起了惊愕的表情。

“没事，”她努力微笑，“只是愚蠢。”

44

又一次回到了死去的传教士那脏兮兮的客厅，凯蒂孤零零地躺在临窗的长椅上，双眼出神地望着河对岸的寺庙（黄昏将近，它又变得高邈而优美），努力梳理着心中纷杂的感受。她此前绝对不敢相信，这次女修道院之旅竟令她如此深受触动。她去那里原本是出于好奇，反正也无事可做，那么多天隔岸望着那座围墙中的城市，她未尝不想看一眼它神秘的街巷。

可是，走进修道院里，她觉得自己仿佛被送到了另一个世界，它奇异地坐落于空间和时间之外。那些空旷的房间，白色的走廊，简陋而朴素，似乎蕴含着某种遥远、神秘的精神。那间小礼拜堂，那么丑陋和粗俗，简直潦草得可怜，然而它却有着某种宏伟的大教堂所缺乏的东西。它的花窗玻璃和装饰画如此寒酸，但是信仰装饰着它，情感爱护着它，这些赋予了它一种微妙的灵魂之美。在瘟疫的中心，修道院的工作有条不紊地进行着，表现出面对危险的冷静和务实，一切如此理所当然，简直是对世界的嘲讽——这些令人深受触动。凯蒂的耳边依然回荡着圣约瑟修女打开医务室门的那一瞬间听到的恐怖声音。

她们那样说沃尔特实在出人意料。先是修女，然后是院长本人，她称赞他的语气非常温柔。很奇怪，得知她们对他如此赞赏，她感到一阵骄傲。沃丁顿也给她讲了些沃尔特在做的事，但是修女们称赞的不只是他的能力（在香港时她就知道沃尔特以聪明著称），还有他的体贴和温柔。他当然是可以非常温柔的。你生病的时候，他照顾得无微不至。他太过聪明，所以从来不会将你惹恼。他的触摸也平静、舒适、抚慰人心。像是某种魔法，他只需出现便能减轻你的痛苦。她知道，她再也见不到他眼中的柔情了，而她曾经对之如此习以为常，乃至觉得它只是恼人。她现在知道他爱的能力有多么强大了，而他以某种别样的方式，将他的爱倾注在了这些将他视作唯一依靠的可怜的病人身上。她并不嫉妒，只是感到空虚。就像是把一个她早已习焉不察的支撑突然从她身上抽走，她变得头重脚轻，左摇右晃。

她只是瞧不起自己，因为她曾经瞧不起沃尔特。他一定知道她是怎么看待自己的，可他对此毫无怨言。她是个蠢货，他也知道，但因为他爱她，所以没有关系。她现在既不恨他，也不怨他，更多的是恐惧和困惑。她不得不承认他有着非凡的品质，有时她甚至认为他身上有一种别扭的、不讨喜的伟大。奇怪的是，她无法爱他，却仍然爱着一个其卑劣已经昭然若揭的男人。在这些漫长日子里，她想了又想，对查尔斯·汤森的价值做出了准确的评估：他是个平庸之辈，他的品质是二流的。她要是能把残存在心中的爱彻底清除该多好！她竭力不去想这个人。

沃丁顿也对沃尔特评价很高，只有她一个人对他的优点视而不见。为什么？因为他爱她，而她不爱他。究竟是心里的什么，会让你因为一个人爱你而鄙夷他。不过沃丁顿也坦言他不喜欢沃尔特，男人都不喜欢他。很容易看出来，那两个修女对他有一种近乎爱慕的感觉。女人眼中的他不一样，尽管他有些腼腆，你还是能从他身上感觉到一种细腻微妙的善良。

45

不过归根结底，触动她最深的是那些修女。圣约瑟修女有着欢快的面容和苹果般的红脸颊，十年前，她是跟随院长来到中国的一小批人中的一员，目睹了同伴们一个接一个地死于疾病、匮乏和乡愁，但她依然快乐着。是什么赋予了她那天真迷人的秉性？还有院长。凯蒂想象着自己再次站在了她面前，又一次感到卑微和惭愧。虽然她是那么朴实无华，但她有一种与生俱来的高贵，令人心生敬畏，你无法想象有人会不尊重她。从圣约瑟修女站立的方式，每一个细微的姿势和答话的声调，都表现出她由衷的恭顺。至于轻佻无礼的沃丁顿，从他说话的语气可以看出，他没法那么无拘无束。凯蒂看来，根本不需要别人告诉她院长出身于法国名门，她的言谈举止便暗示着古老的家族传统。她的身上有一种威严，是那种从来不知道有人可能违抗自己的人才有的。她有着贵妇的高傲和圣徒的谦卑。她那张坚强、英气勃勃而又饱经沧桑的脸上有一种热诚的质朴，同时，她的关切和温柔又能让小孩子们聚在她的身边叽叽喳喳，不会害怕，因为确信她深爱着他们。看着四个新生婴儿时，她露出和蔼而又深邃的笑容，仿佛一缕阳光照射在萧索的荒野。圣约瑟修女随口说到沃尔特的话莫名地打动了凯蒂。她知道他曾经热切地想让她生一个孩子，尽管他沉默寡言，但她从未怀疑过他能够从容自然地对孩子表现出活泼可亲的温柔。大多数男人照料婴儿都是笨手笨脚的。他是个多么奇怪的人！

但是，在这打动人心的经历中有一道阴影（就像白云的暗影），在眼前挥之不去，令她不安。在圣约瑟修女有节制的欢快中，以及更多是在院长优雅的礼节中，她感到了一种疏离压抑着她。她们都很友好，甚至热情，但同时也有所保留，她不知道那是什么，只是因而意识到自己不过是一个偶然登门的陌生人。在她和她们之间有一道屏障。她们说着不同的语言，不仅是口中的语言，而且是心灵的语言。当那扇门关上的时候，她感觉她们已经彻底把她抛诸脑后，又马不停蹄地投入到耽搁的工作中去了，对她们来说，她可能从未存在过。她觉得自己不仅被那座寒窘的小修道院拒之门外，而且也被某座神秘的精神花园拒之门外，而那正是她全部灵魂所向往的。她突然感到一种前所未有的孤独，她因此而哭泣。

此刻，她疲惫地仰起头，叹息道："唉，我真没用。"

46

那天傍晚沃尔特回来得比平时早了一些，凯蒂正躺在窗边的长椅上，天已经快黑了。

“你不要灯吗？”他问。

“等晚餐准备好了他们会带过来。”

他总是随口跟她聊一些琐碎的事情，好像两人只是关系不错的熟人，从他的态度中丝毫看不出他心中怀着怨恨。他从不看她的眼睛，也从来不笑。他总是彬彬有礼。

“沃尔特，你说如果我们挺过了这场瘟疫，之后该怎么办？”她问。

他回答之前沉默了一会儿。她看不见他的脸。

“我没想过。”

以前她头脑中想到什么就脱口而出，从来没想过在说话之前先考虑一下。而现在，她害怕他，她感到自己的嘴唇在颤抖，心脏剧烈地跳动。

“我今天下午去了女修道院。”

“我听说了。”

她勉力开口，但是感到措辞艰难。

“你把我带到这里，真的是想让我死吗？”

“如果我是你，凯蒂，我就随它去。我不认为我们谈论那些应该抛之脑后的事情有什么好处。”

“但是你没有抛之脑后，我也没有。自从我来了这里，就一直在想很多事情。你要不要听听我想说的话？”

“当然。”

“我对你很坏，对你不忠。”

他纹丝不动地站着，那静止的样子异常可怕。

“我不知道你能不能明白我的意思。对女人来说，那种事一旦结束了，也就没有多大意义了。我觉得女人从来都不太理解男人的态度。”她突兀地说道，几乎认不出这是自己的声音，“你知道查理是什么样的人，你知道他会怎么做。是，你说得很对，他是个一文不值的人。如果我不是和他一样一文不值，我想我也不会被他欺骗。我不要求你原谅我，我不要求你像原来一样爱我。但我们不能成为朋友吗？我们身边成千上万的人正在死去，那些修女也在她们的修道院里……”

“这跟他们有什么关系？”他打断了她。

“我很难解释。我今天去那里的时候有一种特别的感觉，那儿的一切都看起来那么有意义。一切都那么糟糕，而她们的自我牺牲又那么了不起。我忍不住觉得这是荒唐和不相称的，你明不明白我的意思，因为一个愚蠢的女人曾经对你不忠，你就让自己那么痛苦。我太微不足道了，实在不值得你为我劳神。”

他没有回应，但也没有走开，似乎在等待她说下去。

“沃丁顿先生和修女们给我讲了你那么多了不起的事情。我很为你骄傲，沃尔特。”

“你以前不是这样的，你以前看不起我。现在不也是吗？”

“你不知道我害怕你吗？”

他又沉默了。

“我不明白你的意思，”他终于开口，“我不知道你到底想要什么。”

“我自己什么也不想要，我只想要你少一点儿不开心。”

她感觉他变得僵硬起来，回答的声音非常冷漠。

“你误会了，我没有不开心。我有太多事情要做，不常想到你。”

“我想知道修女们能不能允许我去修道院工作。她们很缺人手，如果我能帮上一点儿忙，我会非常感激她们。”

“那不是什么轻松愉快的工作，我怀疑没法让你消遣多久。”

“你就那么鄙视我吗，沃尔特？”

“不，”他犹豫了一下，声音有些奇怪，“我鄙视我自己。”

47

晚饭过后，沃尔特如往常一样坐在灯边阅读。他每晚都一直读到凯蒂上床睡觉，然后走进他用平房的一间空屋装配起来的实验室，在那里工作到深夜。他睡得很少，忙于那些她不懂的实验。他从不跟她谈自己的工作，不过即便在过去他也不提，他生性不喜张扬。她细细想着他刚才说的话——这场谈话没有任何结果。她对他所知甚少，无法确定他说的是不是真话。现在他令她如此揪心，而她对他来说却仿佛完全不存在，有这种可能吗？曾经，跟她说话让他快乐，因为他爱她。而现在他已不再爱她，和她说话可能只剩下乏味。这让她感到羞辱。

她看着他。灯光映出了他的侧影，宛如一座浮雕。他五官端正，轮廓分明，显得十分醒目。但是这张面孔不只是严肃，而且冷酷：他全身纹丝不动，唯有眼睛在细读每一页时移动着，这隐隐有点瘆人。谁能想到，这张冷硬的脸也可以被激情融化成那么温柔的样子。她见过那副样子，这让她涌起一阵厌恶的战栗。很奇怪，虽然他长得好看，而且诚实、可靠，有才华，但就是不可能让她爱上他。再也不用忍受他的爱抚了，这对她来说倒是一种解脱。

她当时问他，逼她来这里是不是真的想让她死，他不愿回答。这个谜团吸引着她，又让她恐惧。他内心无比善良，很难相信他会有如此歹毒的意图。他做出这个提议，一定只是想吓吓她，以及报复查理（这很像他那讥讽而幽默的风格），然后又因为固执或者害怕出丑，才坚持让她真的同往。

是的，他说他鄙视自己，这话是什么意思呢？凯蒂又看了看他那平静淡漠的面孔，他对她浑然无觉，仿佛她不在房间里。

“你为什么鄙视自己？”她问道，几乎没意识到自己在说话，像继续着先前的对话，没有间断。

他放下书，沉思地端详她，似乎在将思绪从一个遥远的地方收回来。

“因为我爱你。”

她涨红了脸，移开了视线。她无法忍受他冰冷、沉稳和审视的目光。她明白他的意思。过了一小会儿她才回答。

“我认为你对我不公平，”她说，“因为我愚蠢、轻浮和庸俗而责备我是不公平的。我就是这样长大的，我认识的所有女孩儿都是这样……这就像是指责一个在交响乐会上感到无聊的人不懂音乐。你因为我不具备的品质而责备我，这公平吗？我从来没有试图装出不是我本人的样子来欺骗你。我只是一个无忧无虑的漂亮女人。你不会在集市的小摊上买珍珠项链或者貂皮大衣，你只会买锡制喇叭和玩具气球。”

“我没有责备你。”

他的声音很疲倦。她开始有点不耐烦儿了。她突然间想清楚了一些东西，可他为什么就是认识不到？相比笼罩着他们的死亡的恐惧，相比那天她匆匆一瞥的对美的敬畏，他们自己的那些事情是多么微不足道。一个愚蠢的女人与人通奸，真的那么要紧吗？她那面对着崇高事物的丈夫为什么要为此劳神呢？奇怪的是，绝顶聪明的沃尔特竟如此掂量不清。他给一个布娃娃穿上了华丽的长袍，把她放在圣所中敬奉，随后却发现布娃娃里塞满了锯末，他为此既不能原谅自己，也不能原谅她。他的灵魂被撕裂了。他一直生活在虚幻之中，当真相将虚幻击碎，他便认为现实本身也被击碎了。的确，他不会原谅她，因为他不能原谅自己。

她隐约听到他轻轻叹了口气，迅速地瞥了他一眼。一个突如其来的念头袭来，令她屏住了呼吸，强忍着才没有哭出来。

他所遭受的，就是人们所说的“心碎”吗？

48

第二天，凯蒂一整天都在想着那座修道院。第三天一早，沃尔特刚走，她就带着阿嬷坐上轿子过河。天刚亮，渡船上已经挤满了中国人，有些是穿着青色棉衣的农民，有些是穿着黑袍的体面人，他们脸上都带着怪异的表情，仿佛被载往河对岸阴影之地的亡灵。上岸之后，他们在码头茫然地站了片刻，好像不清楚该往哪儿去。随后，他们三三两两，慢悠悠地朝山上走去。

那个时辰，城市的街道空空荡荡，比任何时候都更像一座死城。路人神情恍惚，让你以为他们是鬼魂。天空万里无云，初升的太阳为眼前的画面洒下天堂般和煦的光晕。很难想象，在这个欢快、清新、明媚的早晨，这座城市像一个被疯子扼住喉咙的人，正在瘟疫的魔掌中奄奄一息。难以置信，当人们在痛苦中挣扎，在恐惧中死去的时候，大自然（蓝天澄澈如孩童的心）竟然如此无动于衷。轿子落在修道院门口时，一个乞丐从地上爬起来，向凯蒂乞讨。他身上穿着看不出颜色、不成形的破布，像是从垃圾堆里扒出来的，透过衣服的破洞，可以看到他的皮肤又硬又糙，像一张鞣制的山羊皮。他赤裸的双腿枯瘦不堪。他的脑袋上，脸颊深陷、眼神癫狂，再加上那一头乱蓬蓬的灰发，就像是一个疯子。凯蒂吓坏了，惊恐地转过身去，轿夫们用粗暴的叫嚷让他走开，但他还是纠缠不休，为了摆脱他，凯蒂颤抖着给了他一点儿钱。

门开了，阿嬷解释说凯蒂想见院长。她又一次被带进了那间憋闷的会客室，那里的窗户似乎从来没开过。她坐了很久，不由得开始怀疑消息没有送到。终于，院长走了进来。

“恳请你谅解，让你久等了。”她说，“我没想到你会来，刚才忙得走不开。”

“请原谅我的搅扰，恐怕我来得不是时候。”

院长向她严肃而亲切地笑了笑，请她坐下来。凯蒂发现她的眼睛肿了——她刚才在哭泣。凯蒂很吃惊，因为院长给她留下的印象是，她是一个不会轻易被尘世的烦恼所影响的女人。

“恐怕是发生了什么事情吧，”她结结巴巴地说，“我是不是应该先告辞？我可以改日再来。”

“不，不，告诉我，我能为你做什么？只是……只是我们的一位姐妹昨晚去世了。”她失去了平稳的声调，眼中噙满泪水，“悲伤是不对的，因为我知道她善良纯净的灵魂已经飞升天堂，她是位圣徒，但是人总是很难克服自己的软弱。恐怕我还无法一直保持理性。”

“太难过了，我真的太难过了。”凯蒂说。

瞬间涌起的同情让她的声音有些哽咽。

“她是十年前跟我从法国来的姐妹之一，现在我们只剩下三个人了。我记得，我们那一小群人站在船头，在蒸汽机的轰鸣中驶出马赛港，望着金灿灿的圣母玛利亚雕像一起祷告。自从入教以来，我最大的愿望就是能够来到中国，但是当看见那片土地变得越来越遥远的时候，我还是忍不住哭了起来。我是她们的院长，我没有给她们做出很好的表率。当时，圣弗朗西斯·泽维尔修女，就是昨晚去世的那位修女，她拉住我的手，让我不要悲伤。她说，我们身在哪里，法国与上帝都和我们同在。”

由于从天性中涌起的悲痛，以及为了抑制她的理智和信仰所拒斥的泪水，那张严肃而英朗的面孔扭曲了。凯蒂转移了视线，觉得窥视这种内心的挣扎是无礼的。

“我一直在给她父亲写信。她像我一样，是母亲唯一的女儿。他们是布列塔尼的渔民，这对他们来说一定很难承受。唉，这场可怕的瘟疫什么时候才能结束？我们有两个女孩儿今天早上发了病，除非有奇迹，不然没有人能救得了她们。这些中国人没有抵抗力。圣弗朗西斯修女的离世对我们是非常严重的损失，要做的事情太多了，人手却愈发不够用。我们有在中国其他修道院的修女迫切地想要过来，我相信我们所有教友都会不惜一切来到这里——不过她们也一无所有。然而来这里几乎是必死无疑的，所以只要我们这里的修女能够应付得来，我就不希望再牺牲其他人。”

“我深受鼓舞，ma mère，”凯蒂说，“我一直觉得我是在一个非常不幸的时刻过来的。您那天说这里的工作太多，修女们忙不过来，我就在想，您能否允许我过来帮她们。我不介意做什么，只要能派上点儿用场就好。就算只是安排我擦地我也会非常感激。”

院长露出了愉快的笑容。看到她的情绪调节得如此自如，凯蒂有些惊奇。

“我们不需要人来擦地，这个孤儿们勉强做得来。”她停顿了一下，和蔼地看着凯蒂，“我亲爱的孩子，你不觉得你陪丈夫来到这里已经做得够多了吗？这是很多妻子没有勇气做的，再者说，还有比在他辛苦一天回到家时给他安宁和慰藉更好的工作吗？相信我，他需要你全部的爱和关怀。”

凯蒂难以正视她那超然审视而又和蔼得讽刺的目光。

“我从早到晚没有任何事做，”凯蒂说，“我觉得，有那么多事情需要人去做，我不能忍受自己无所事事。我不想当一个讨人嫌的人，也知道我没有资格要求您的好意，或是占用您的时间。但我说的都是真心话。如果您能让我给你们帮一把手，那会是给我的恩惠。”

“你看起来不是很壮实。前天你赏光来看我们的时候，我觉得你的脸色很苍白，圣约瑟修女以为你可能要生宝宝了。”

“没有，没有。”凯蒂叫起来，脸红到了耳根。

院长轻轻发出银铃般的笑声。

“没有什么好害羞的，我亲爱的孩子，这个推测也没什么不可能的。你们结婚多久了？”

“我脸色苍白是因为我天生就这样，但我身体很结实，我向您保证，我什么活都不怕。”

现在院长又完全恢复了自我控制。她不自觉摆出了习以为常的威严模样，细细审视着凯蒂。凯蒂感到莫名的紧张。

“你会说中文吗？”

“恐怕不会。”凯蒂回答。

“啊，可惜了。我本来可以让你照看那些大一点儿的女孩子。现在情况很艰难，我怕她们——怎么说？失控？”她用试探的口吻收尾。

“我不能帮修女们护理病人吗？我完全不害怕霍乱，可以去照看女孩儿或者士兵。”

院长这时脸上没有了笑容，若有所思地摇了摇头。

“你不知道霍乱是什么，那景象很可怕。医务室里的工作是士兵做的，我们只需要一个修女负责监督。至于那些女孩儿……不，不，我相信你的丈夫不会愿意的，那是非常恐怖的景象。”

“我会习惯的。”

“不，不行。做这些事是我们的职责，也是我们的特权，但是你没有必要做。”

“您让我感觉自己很没用，很不可救药。很难相信这里没有一点儿我能做的事情。”

“你跟你丈夫说过你的想法了吗？”

“说过了。”

院长看着她，仿佛在探寻她内心的秘密，但是当看到凯蒂焦急恳求的表情时，她露出了笑容。

“你是新教徒对吧？”她问。

“对。”

“不要紧，那位刚去世的传教士沃森医生也是新教徒，没有什么关系。他是最受我们爱戴的人，我们欠他一份深深的恩情。”

这时凯蒂的脸上闪过一丝微笑，但是没有说什么。院长似乎在沉思，然后站了起来。

“你真是太好了。我想我可以找些事给你做，的确，现在圣弗朗西斯修女离开了我们，我们已经无法应付这些工作了。你准备什么时候开始？”

“现在。”

“À la bonne heure.[1] 很高兴听到你这样说。”

“我向您保证，我会竭尽全力，非常感谢您给我这个机会。”

院长打开了会客室的门，正要走出去的时候犹豫了一下。她又一次用睿智的目光深深地端详了她半晌，然后轻轻把手放在她的手臂上。

“你知道，我亲爱的孩子，人无法在工作或娱乐中找到安宁，安宁不在尘世之中，也不在修道院里，它只存在于人的灵魂中。”

凯蒂愣了一下，而院长已经快步走了出去。

---

① 法语：好极了。

49

凯蒂发现，工作令她精神焕发。每天早上日出后不久她就去修道院，直到夕阳为窄窄的河流和河上拥挤的帆船洒满金光，她才回到平房。院长将年龄小一些的孩子交给她照料。凯蒂的母亲从家乡利物浦来到伦敦，一路勤俭持家，而凯蒂尽管为人轻浮，但她身上也一直有着这类禀赋，虽然她说到这些都是用调侃的语调。她的厨艺相当不错，针线活也很漂亮。她显露了这方面的才干，于是便被安排照看小姑娘缝线和镶边。她们懂一点儿法语，凯蒂每天也学几句中文，所以对她来说不难应付。其他时候，她必须看着那些年龄最小的孩子，不要让他们淘气。她得给他们穿衣服和脱衣服，该睡觉的时候哄他们睡觉。还有许多婴儿，是由几个阿嬷照顾的，但她也要帮一把手。没有一件工作是特别紧要的，她本想干些更艰苦的活，但院长对她的恳求不予理睬，凯蒂对她十分敬畏，于是便不再强求。

最初的几天，她不得不努力克服对这些小女孩儿轻微的厌恶——丑陋的制服，黑硬的头发，圆圆的黄脸，细长的黑眼睛。

但是，凯蒂还记得第一次拜访修道院时，看到院长站在那里，被这些丑陋的小东西围着，那温柔的神情让她的面容如此美丽。她不允许自己屈从于本能。而现在，对于那些因跌倒或换牙而啼哭小家伙，凯蒂发现只要把他们搂在怀里，说一些轻柔的话语，哪怕是用他们不懂的语言，她有力的怀抱和紧贴那哭泣的黄脸的柔软脸颊，也足以让他们感到舒服和心安，她的陌生感逐渐消散。小孩子们对她毫不畏惧，遇到稚气的麻烦都会来找她。赢得了他们的信任，这也给了她一种特别的幸福感。大些的姑娘们也如此，她教她们针线活，她们灿烂又机灵的微笑，以及她用一句赞美带给她们的快乐，都令她感动。她觉得他们喜欢自己，感到荣幸和自豪，她也开始喜欢他们。

但是有一个孩子她无法适应。那是一个六岁的小女孩儿，因脑积水导致智力障碍，矮胖的小身子上顶着一个积水的大脑袋，头重脚轻地摇晃，一双大眼睛空洞无神，嘴巴流着哈喇子。这个孩子有时嘶哑地咕哝几个词语，令人既厌恶又害怕。出于某种原因，她对凯蒂产生了一种痴痴的依恋，凯蒂在大房间里走动的时候，她总是跟在后面，抓着她的裙子，把脸贴在她膝盖上蹭，还总是想要抚弄她的手。她恶心得直哆嗦，知道小东西渴望爱抚，可她还是做不到。

有一次，凯蒂跟圣约瑟修女说起这个孩子，修女说了她活在世上太可怜了，然后微笑着向这个畸形儿伸出手。她走过来，用鼓起的额头蹭着修女的手。

“可怜的小家伙儿，”修女说，“她送到这儿的时候已经快死了，上帝保佑，那时我就在门口。我想着一刻也不能耽搁，于是立刻给她施洗。你没法想象为了把她留在我们身边，我们费了多大的周折。有那么三四次，我们以为她的小灵魂就要溜到天堂了。”

凯蒂沉默了。圣约瑟修女又开始滔滔不绝地聊起其他事情。第二天，当那个傻孩子走向她，摸了摸她的手时，凯蒂鼓起勇气，把手放在那光秃秃的大脑袋上抚摸了一下，然后勉强挤出一丝微笑。但是突然间，那个孩子带着痴愚的乖僻走开了，似乎对她失去了兴趣，并且在那一天以及随后的日子里都没有理她。凯蒂不知道自己做错了什么，试图用笑容和手势把她吸引过来，但是她总是转过身，装作没有看见她。

50

由于修女们每天从早到晚要忙的事数都数不清，所以除了在那间空旷简陋的礼拜堂里做礼拜的时候，凯蒂很少见到她们。她来这里的第一天，院长看到她坐在按年龄就座于长椅的女孩子们身后，于是停下脚步跟她说话。

“我们来礼拜堂的时候，你不必觉得自己也得来。”她说，“你是新教徒，有自己的信仰。”

“但是我想来，院长，我发现这可以让我安心。”

院长看了她一会儿，严肃地微微点了点头。

“当然，你完全可以按照自己的意愿去做。我只是想让你明白你没有这个义务。”

不过，凯蒂跟圣约瑟之间很快就变得或许说不上亲密，却也十分相熟了。修道院的财务由她掌管，为了照顾这个大家庭的衣食住行，这位修女每天忙得脚不沾地。她说她唯一的休息时间就是专心祷告的时候。然而每当临近傍晚——凯蒂带着刚干完活的女孩儿们走进来时，修女总是非常高兴来这儿，发誓说她一刻不闲地忙着，已经累坏了，于是坐下与凯蒂闲聊上几分钟。不在院长跟前的时候，她是一个健谈、快活、喜欢开玩笑的人，也不排斥传一点流言蜚语。凯蒂对她没有畏惧，那身修道服并没有阻碍圣约瑟修女成为一个亲切朴实的女人，凯蒂跟她聊天时也很快乐。她不介意向她展露自己的法语说得有多差劲，两人会为凯蒂犯的错误一起开怀大笑。修女每天都教她几句实用的中文。她是农夫的女儿，内心深处依然是一个农民。

“我小时候养过奶牛，”她说，“就像圣女贞德一样。但我太调皮了，没有看见神示。这是我的福气，我想我要是说看见了神示，我爸爸一定会拿鞭子抽我的。那个好老头儿，他以前老是抽我，因为我是个非常淘气的小女孩儿。现在有时候想起以前做的那些恶作剧，我都很害臊。”

一想到这个发福的中年修女曾经也是个调皮捣蛋的孩子，凯蒂就笑起来。不过她身上仍然有某些孩子般的特质，让你愿意向她敞开心扉：她周身散发着秋日乡野的芬芳，那时苹果树结满了果实，庄稼已经收割好，安稳地囤在粮仓里。她没有院长那种悲愁和严肃的圣徒气质，只有单纯和快乐。

“你从没想过再回家吗，ma sœur①？”凯蒂问。

“哦，没有，再回这里来就太难了。我喜欢待在这儿，我从没有像跟孤儿们在一起的时候那么快乐。他们太好了，很有感恩之心。当个修女固然是一件很美好的事，但人还有母亲，忘不

---

① 法语：我的姐妹。

了曾经从她的乳房吸吮乳汁。她老了，我的母亲，再也见不到她是很难过的。不过她很喜欢她的儿媳妇，我哥哥对她也很好。他儿子现在长大了，我想他们会很高兴农场上又添了个壮劳力，我刚离开法国的时候他还只是个孩子，可他保证以后能一拳打倒一头牛。”

在那个安静的房间里，听着修女的话，几乎很难意识到在这四面墙的另一端，霍乱正在肆虐。圣约瑟修女有一种无忧无虑的心态，并且把它传递给了凯蒂。

她对这个世界和其中的居民怀有一种天真的好奇心。她问凯蒂各种各样关于伦敦和英国的问题。她以为那里的雾气特别浓重，乃至大中午都伸手不见五指。她还想知道凯蒂去不去舞会，是不是住在大庄园里，有多少兄弟姐妹。她还经常提到沃尔特：院长夸赞他了不起，她们每天都为他祈祷，凯蒂多么幸运能有这样一个丈夫，那么善良，那么勇敢，那么聪明。

51

不过圣约瑟修女迟早都要回到院长的话题上来。凯蒂从一开始就意识到，院长是整座修道院的精神领袖。所有居住在这里的人无疑都对她怀着爱和钦佩，但是也有敬畏和不少惧怕。尽管她待人亲切，凯蒂在她面前还是感觉自己像是个女学生。她跟她相处时从来都不是很自在，因为院长身上充满了一种陌生的，令她感到局促不安的情绪：崇敬。圣约瑟修女怀着天真的炫耀之心，给她讲了院长出身的家族有多么显赫：她的祖先中有一些历史上的大人物，她还跟欧洲一半的国王是 un peu cousine[①]，西班牙的阿方索国王曾在她父亲的庄园狩猎，他们家族的城堡遍布法国各地。抛下这么高贵的生活一定很难吧。凯蒂微笑地听着，心中却十分震撼。

“至于其他的，你只要看看她，”修女说，“就知道她 comme famille, c’est le dessus du panier[②] 了。”

---

① 法语：表亲。

② 法语：出身名门。

“她有一双我所见过最美的手。”凯蒂说。

“啊，可是但愿你知道她是怎么用那双手的。她什么活都干，notre bonne mère[①]。”

她们刚来到这座城市的时候一无所有，是她们建起了这座修道院，由院长亲手设计，亲自监工。她们刚一到这里就开始从“婴儿塔”和残忍的接生婆手中拯救被遗弃的可怜女婴。最初，她们没有睡觉的床，窗上也没有玻璃阻挡夜间的寒气（“什么也没有，”圣约瑟修女说，“非常有损健康。”），她们时常身无分文，不仅没有钱付给建筑工人，甚至连糊口都困难。她们活得像农民一样，她是怎么说的来着？法国的农民，为她父亲干活的那些人，见到她们吃的东西都会直接扔去喂猪。这时候院长就会把修女们召集到身边，一起跪下祈祷，圣母就会送钱给她们。第二天就会有一千法郎寄到，或者就在她们还跪在地上的时候，有个陌生人——英国人（还是个新教徒，你说怪不怪）甚至中国人来敲她们的门，给她们送来一份礼物。有一回她们又陷入困境，一起向圣母发愿，一旦她救助了她们，她们就会念诵《九日经》向她致敬。你敢相信吗？第二天，那个滑稽的沃丁顿先生就来看我们了，说看我们的样子似乎都很想要美美地吃上一顿烤牛肉，然后给了我们一百美元。

他是个多滑稽的小男人啊，光秃秃的脑袋，ses petits yeux

① 法语：我们的好院长。

malins[①]，满嘴的笑话。Mon Dieu[②]，他把法语糟蹋成什么样子了，可你又忍不住被他逗笑。他总是嘻嘻哈哈的，在这场可怕的瘟疫中，他就像是在度假一样。他有一颗很法国的心，还那么风趣，你很难相信他是英国人——除了他的口音。不过圣约瑟修女觉得有时候他法语说得不好是故意逗你笑的。当然，他的品行也不是无可指摘的，但那毕竟是他自己的事（她叹口气，耸耸肩，摇摇头），他是个单身汉，还是个年轻人。

“他的品行有什么问题啊，我的姐妹？”凯蒂笑着问。

“你怎么可能不知道？由我来告诉你是个罪过，我不该说这些事。他跟一个中国女人同居，或者说，不是中国女人，是个满族女人。好像是个格格，她爱他爱得发狂。”

“听起来不太可能啊。”凯蒂大呼。

“不，不，我向你保证，这些都是千真万确的。他太缺德了，这种事是大错特错的。你当时没听见吗？你第一次来修道院的时候，他不吃我特意做的玛德琳蛋糕，我们的好院长说他的胃口被满族人的饭菜搞坏了。她说的就是这个事，你应该也看到了他当时的反应。总之这是一个很离奇的故事。闹革命时好像他正被派驻在汉口，他们屠杀满人的时候，这个好心的小沃丁顿救了一个大家族的命，他们是皇室宗亲。那个女孩儿疯狂地爱上了他，而且——好吧，剩下的你可以想象。后来他离开汉口，她也

① 法语：狡猾的小眼睛。
② 法语：我的天哪。

离家出走跟着他，他去哪儿她就跟到哪儿，于是他只好把她留在身边。可怜的家伙，我猜他一定非常喜欢她。她们有时候很迷人，那些满族女人。啊，我在想什么呢？我有一千件事要做，竟然还坐在这里。我是个坏修女，我为自己羞愧。”

52

凯蒂有一种奇怪的感觉：她正在成长。持续的工作转移了她的注意力，领略其他人的生活和观点唤醒了她的想象力。她开始恢复精神，感觉越来越好，也越来越强壮。她曾一度感觉自己除了哭什么也做不了，然而令她惊讶而又颇为困惑的是，她发现自己时常为各种各样的事情哈哈大笑。生活在可怕的瘟疫中似乎开始变成一件自然的事情。她知道人们就在自己的身旁死去，但是她不再多想。院长禁止她进入医务室，紧闭的门却激起了她的好奇心。她本想偷偷进去瞄一眼，但难保不被人看到，她不知道院长会给她怎样的惩罚，如果被赶走就太不光彩了。她现在全心全意地照顾孩子们，如果她走了他们会想念她的，实际上，她不知道没了她的话，他们该怎么办。

有一天，她突然发现自己已经有一个星期没有想到或梦到查尔斯·汤森了。她的心在胸腔里猛跳了一下：她痊愈了。她现在想起他也无动于衷了，她不再爱他了。啊，这是解脱和自由的感觉！现在回想当初她是如何热烈地渴望他，真是太奇怪了。当他辜负了她的时候，她以为自己就要活不下去了，觉得从此以后生活便只剩下痛苦，而现在她却嘻嘻哈哈的。自己真是一文不值，当初实在太傻！现在，冷静地想到他，她不知道自己究竟看中了他哪一点。幸亏沃丁顿什么都不知道，她可绝对忍受不了他那恶毒的目光和阴阳怪气的嘲讽。她自由了，自由了，终于自由了！她简直忍不住要放声大笑。

孩子们正嬉闹着玩游戏，她以前习惯于带着宠溺的微笑看着他们，在他们太吵的时候让他们小声点儿，并确保这些活泼好动的孩子没人磕了碰了。而现在，她兴致盎然，感觉自己像他们一样年少，于是也加入游戏里。小姑娘们开心地接纳了她。她们在屋里你追我赶，尖声大叫，带着荒唐乃至粗野的快乐，甚至愈发兴奋起来，高兴地跳来跳去，闹得整间屋子噪声喧天。

突然间，门开了，院长站在门口。凯蒂羞愧难当，从十几个尖叫着抓住她的小女孩儿手中挣脱出来。

“你就是这样让这些孩子乖乖地保持安静的吗？”院长问，嘴角带着微笑。

“我们在做游戏，院长。她们玩得太兴奋了。是我的错，是我带起来的。”

院长走上前，孩子们如平时一样围住了她。她搂住她们单薄的肩膀，揪着她们小小的黄耳朵逗她们。她用柔和的目光看了凯蒂好一会儿，凯蒂涨红了脸，呼吸急促起来，清澈的双眼闪闪发光，美丽的头发在嬉闹和欢笑中变得乱糟糟的，别有一番可爱。

“Que vous être belle, ma chère enfant[①],”院长说，“看着你真让人心情舒畅，怪不得这些孩子喜欢你。”

凯蒂脸颊通红，不知为什么，泪水突然注满了眼眶。她捂住了脸。

“啊，院长，您说得我不好意思了。”

“好了，别傻了。美也是上帝的礼物，是最稀有和最珍贵的馈赠，如果我们有幸拥有，应该心怀感恩；如果我们没有，而其他人拥有，给我们带来了愉悦，我们也该感恩。”

她又微笑起来，仿佛凯蒂也是个孩子，院长轻柔地拍了拍她柔软的脸颊。

---

① 法语：你多漂亮啊，我亲爱的孩子。

53

自从在修道院工作以来，凯蒂就很少见到沃丁顿了。有两三次，她来到河岸迎他，然后和他一起走上山。他会进屋喝一杯威士忌配苏打水，但是很少留下吃饭。然而，一个星期天，他提议两人带上午餐，坐轿子去一座佛寺。这座寺院距城市有十英里远，是有名的敬香礼佛之地。院长坚持让凯蒂每周休息一天，不让她在星期天工作，而沃尔特自然还是一如既往地忙碌。

为了赶在天热之前到达，他们很早就动身，坐着轿子在稻田之间窄窄的田埂上穿行。他们不时经过一栋栋温馨的亲密地依偎在竹林之中的农舍。凯蒂享受着这份悠然，久在城市的樊笼之中，得见辽阔的乡野，实在是一桩快事。他们来到了那座寺院，它混迹于河畔的低矮建筑之间，周围绿树成荫。僧人们面带笑容，领二人穿过庭院，参观一间间佛殿。庭院里空荡荡的，庄严而空寂，大殿里面供着面目狰狞的罗汉。正殿里，佛陀安坐其中，面带淡淡的微笑，他邈远而悲伤，似有一种徒然的神往，而又出离尘世。这里四处弥漫着萧条之意，华丽之物变得粗劣而颓败，佛像蒙尘，铸造它们的信仰正在死去。僧人们像是勉强留在此地，仿佛等待着离去的通知。住持彬彬有礼，他的笑容之中带着一种听天由命的讽刺。总有一天，这些僧人将会从这片阴凉宜人的树林四散而去，这些摇摇欲坠、无人照管的建筑将被狂风暴雨摧残，被周围的自然侵袭。野藤将盘绕在废弃的佛像上，树木将长满庭院。那时候，居住在这里的将不再是神佛，而是阴暗的邪灵。

54

他们坐在一座小亭的台阶上（四根漆柱和高高的瓦顶，下面是一口大铜钟），望着河水缓慢蜿蜒地流向疫中的城市。他们可以看到它雉堞林立的城墙，暑气笼罩在上方，像一面棺罩。而那条河，尽管流得如此迟缓，却依然有一种动感，唤起人们对世事变幻无常的惆怅。万物流逝，它们留下了什么痕迹？在凯蒂看来，整个人类都像是那条河里的水滴，彼此之间如此贴近，却又相隔甚远，它们流淌在一股无名的洪流之上，奔向大海。一切事物的存续都那么短暂，没有什么至关重要，人们荒谬地看重那些琐碎的事物，却让自己和他人都如此不快乐，实在太可怜了。

“你知道哈灵顿花园吗？”她美目含笑，问沃丁顿。

“不知道，怎么了？”

“没什么，它离这里好远，是我的家人生活的地方。”

“你想家了吗？”

“没有。”

“我看再有个把月你们就能离开这儿了。瘟疫看起来正在消退，凉爽的天气一来，一切也就要结束了。”

“想到要走，我甚至有点儿难过。”

一时间，她想到了未来。她不知道沃尔特心里有什么计划，他什么也没有对她说。他平静、礼貌、沉默、难以捉摸。那条河里的两滴小水珠无声地流向未知之地，两滴小水珠自身如此独立，而在旁观者看来又只不过是洪流中模糊难辨的一部分。

“当心别让那些修女改变你的信仰。”沃丁顿不怀好意地微笑着。

“她们太忙了，而且也没人在意这个。她们都很好，很善良，可是——我不知道该怎么解释——我和她们之间有一堵墙。我不知道那是什么，好像她们拥有着一个秘密，让她们的生活变得与众不同，而我不配分享。不是信仰，是某些更深的东西，而且更——更有意义。她们行走在一个和我们不一样的世界，我们对她们来说永远是陌生人。每一天，修道院的门在我身后关上的时候，我就感觉自己对她们来说已经不存在了。”

“我能理解，这对你的虚荣是一种打击。”他嘲讽地回答。

“我的虚荣。”

凯蒂耸了耸肩，然后又微笑起来，懒洋洋地看着他。

“你为什么从来没告诉我，你跟一个满族格格生活在一起？”

“那些长舌的老女人跟你讲了什么？对修女来说，谈论海关官员的私事绝对是一桩罪恶。”

“你干吗这么敏感？”

沃丁顿垂下目光，斜乜一眼，显出害羞的样子，然后微微耸了耸肩。

“这不是什么值得声张的事，我不觉得这会大大增加我晋升的机会。”

“你非常喜欢她？”

这时他抬起头来，丑陋的小脸露出个淘气学童般的表情。

“她为了我抛下了一切，家、亲人、安稳的生活，还有自尊。她不顾一切地跟我在一起，已经有好多年了，我把她送走过两三次，但她总会回来。我也曾从她身边逃走，但她还是一直跟着我。现在我已经不再白费力气，我想我得将就着跟她过完下半辈子了。”

“她一定爱你爱得发狂。”

“这是一种挺奇怪的感觉，你知道。”他回答，困惑地皱起额头，“我一点儿都不怀疑，要是我真的离开了她，她绝对会自杀。没有任何怨恨我的意思，而是很自然地这么做，因为没有我她就没有活下去的意愿了。知道了这一点，会给人一种奇特的感觉，对你来说总归意味着些什么。”

“可是，重要的是去爱，而不是被爱。一个人甚至都不会对爱他的人们心存感激，如果他不爱他们，他们只会让人厌烦。”

“我没有‘他们’的经验，”他回答，“我只有‘她’。”

“她真的是个格格吗？”

“不是，那是修女们的浪漫夸张。她出生于一个满族大家族，当然，他们已经被革命摧毁了。不过她照样是一位非常了不起的女子。”

他的语气中带着骄傲，凯蒂的眼中闪过一丝笑意。

“那你打算在这里度过余生吗？”

“中国？是的。她还能去哪儿？等我退休了，我会在北京买一座小院子，在那儿过完下半辈子。”

“你们有孩子吗？”

“没有。”

她好奇地看着他。很奇怪，这样一个秃头、猴脸的小个子男人，竟能唤起一个异国女子如此奋不顾身的爱情。她说不出为什么，尽管他谈论她的方式漫不经心，措辞不无轻佻，却给了她一种强烈的印象，让她感受到这个女人炽烈而又与众不同的深情。这让她有些费解。

“看起来这里真的离哈灵顿花园好远。”她笑着说。

“你为什么说这个？”

“我什么都不懂，生活太奇怪了。我感觉自己就像个一辈子活在小水塘旁边的人，一下子看到了大海，这让我有点儿喘不过气，却又让我充满了欣喜。我不想死，我想活着。我开始感受到一股新的勇气。我觉得自己就像一个向着全新海域启航的老水手，我的灵魂渴望着未知。”

沃丁顿沉思地看着她。她出神地凝视着平静的河水，两滴小水珠无声地流淌，默默流向那漆黑而永恒的大海。

“我可以去看看那位满洲小姐吗？”凯蒂突然抬起头问道。

“她一句英语都不会说。”

“你一直对我很好，为我做了很多事，或许我可以用我的态度向她表示友好之情。”

沃丁顿露出一丝嘲弄的微笑，但他爽快地回答：

“哪天我来接你，她会给你泡一杯茉莉花茶。”

她不会告诉他，这段异国相恋的故事从一开始便莫名令她着迷，满族格格现在成了某种象征，朦胧而又持续地向她招手。她谜一般地指向一片神秘的精神之地。

55

但是一两天之后，发生了一件始料未及的事情。

她如往常一样来到修道院，开始她的第一项工作：照看孩子们洗漱穿衣。由于修女们坚信夜晚的空气是有害的，所以宿舍里的空气污浊难闻。呼吸了早晨清新的空气后来到这里，凯蒂总是有点儿不舒服，会赶紧打开窗户。但是今天，她突然间感到一阵强烈的恶心，伴随着头晕目眩。她站在窗前，试图让自己平复下来。以前从来没有像这样难受过。接着，她再也忍受不了恶心，呕吐了起来。她大叫了一声，孩子们都吓坏了，给她帮忙的那个年纪大些的女孩儿跑上前，看到凯蒂面色惨白，浑身发抖，一下子愣住了，惊呼起来。霍乱！这个念头闪过凯蒂的脑海，接着，一种死亡般的感觉涌上心头，她被吓得魂不附体。黑夜仿佛正痛苦地流过她的血管，她挣扎了片刻，感觉难受得厉害，随后便是漆黑一片。

当她睁开双眼时，起初不知道自己在哪里。她似乎躺在地上，微微动了动头，感觉下面有个枕头。她什么都记不得了。

院长正跪在她身旁，拿着嗅盐给她闻，圣约瑟修女站在那儿看着她。那个想法又回来了，霍乱！她看到了修女们脸上的惊愕。圣约瑟修女看起来身形高大，轮廓模糊。恐惧又一次将她淹没。

“啊，嬷嬷，嬷嬷，”她啜泣着，“我要死了吗？我不想死。”

“你当然不会死的。”院长说。

她十分镇定，眼中甚至有些喜悦之色。

“可这是霍乱啊。沃尔特在哪儿？有人去叫他了吗？啊，嬷嬷，嬷嬷。”

她一下子泪如泉涌。院长把手伸给她，凯蒂一把抓住它，仿佛抓住她害怕失去的生命。

“没事的，没事的，亲爱的孩子，不要傻了，这不是霍乱什么的。”

“沃尔特在哪儿？”

“你的丈夫太忙了，不好打扰他。再过五分钟你就全好了。”

凯蒂用焦灼的目光盯着她。她为什么这么淡定？太残忍了。

“安安静静地待一会儿，”院长说，“没什么好担心的。”

凯蒂感觉她的心狂跳起来。她已对霍乱习以为常，乃至觉得自己不可能染上它。啊，她真是个傻瓜！知道自己就要死了，她很害怕。女孩们搬来了一把长藤椅，放在了窗边。

“来，我们把你扶起来，”院长说，“在 chaise longue[①] 上你会舒服些。你感觉能站起来吗？”

---

① 法语：长椅。

她把双手伸到凯蒂腋下，把她抬起来，圣约瑟修女着扶她站稳。她疲惫地瘫倒在椅子上。

“我最好关上窗户，”圣约瑟修女说，“清晨的空气对她不好。”

“不，不，”凯蒂说，“请开着窗吧。”

看到蓝天令她心安。她被吓坏了，但感觉明显好了起来。两个修女默默地看了她一会儿，圣约瑟修女对院长说了些她没能听懂的话。接着，院长坐在椅子的一侧，拉住了她的手。

“听我说，ma chère enfant①……”

她问了凯蒂一两个问题，凯蒂嘴上回答着，却不明白她的用意。她的嘴唇颤抖着，几乎说不出完整的话来。

“毫无疑问，”圣约瑟修女说道，“这种事情是瞒不过我的。”

她轻轻笑了几声，凯蒂从中听出了些兴奋之情，还有许多关爱之意。院长依然握着凯蒂的手，温柔地微笑着。

“在这些事情上，圣约瑟修女的经验比我丰富，亲爱的孩子，她立刻就说出了你的情况，她显然是对的。”

“这是什么意思？”凯蒂焦急地问。

“很明显了，你从来没有想过这种可能吗？你怀上了，亲爱的。”

凯蒂一惊，从头到脚打了个激灵。她把双脚放在地上，好像要跳起来。

---

① 法语：我亲爱的孩子。

"躺好，躺好。"院长说。

凯蒂感到自己满脸通红，双手捂住了胸口。

"不可能，不是真的。"

"Qu'est ce qu'elle dit ?[①]"圣约瑟修女问。

院长翻译出来，圣约瑟修女那宽阔朴实的红脸颊绽开了笑容。

"不可能搞错的，我拿人格向你担保。"

"你们结婚多久了，我的孩子？"院长问，"我嫂子跟你结婚一样久的时候已经有两个孩子了。"

凯蒂重新瘫坐在椅子上，心如死灰。

"太羞愧了。"她喃喃道。

"因为你要生宝宝吗？这是多自然的事情啊。"

"Quelle joie pour le docteur.[②]"圣约瑟修女说。

"是啊，想想你丈夫得有多开心，他一定乐得合不拢嘴。你只要看看他跟孩子们在一起时的样子，看看他陪他们玩的时候脸上的表情，你就知道他有了自己的孩子会多么欣喜若狂。"

凯蒂沉默了一会儿。两个修女用温柔的眼神饶有兴趣地看着她，院长轻抚着她的手。

"我太傻了，之前没有想到这回事。"凯蒂说，"不管怎么说，我还是很高兴这不是霍乱。我感觉好多了，我要回去工作了。"

---

① 法语：她说什么？

② 法语：医生一定很高兴。

“今天就不要工作了，亲爱的孩子，你受了惊吓，最好还是回家休息吧。”

“不，不，我更想留在这里工作。”

“听我的。如果知道我这么由着你，我们的好医生该怎么说？明天再来吧，如果你愿意，或者后天，但是今天你必须静养。我派人叫个轿子来，要不要我派个姑娘陪着你？”

“啊，不，我一个人没事的。”

56

凯蒂躺在床上，关上了百叶窗。正当午餐之后，仆人们都睡了。上午得知的事情（现在她确信那是真的）令她惊恐不已。自从回到家，她就一直试图思考，但是头脑中一片空白，无法集中精神。突然，她听到一阵脚步声，那双脚穿着靴子，所以不会是某个仆人，她意识到那只能是她的丈夫，忐忑地倒抽了一口气。他到了客厅，她听到他叫自己，但她没有回应。外面沉默了一会儿，传来了敲门声。

“谁呀？”

“我可以进来吗？”

凯蒂从床上起来，披上了一件晨衣。

“可以。”

他走了进来，她庆幸关上的百叶窗把她的脸罩在阴影里。

“希望我没吵醒你，我敲得很轻很轻。”

“我没睡着。”

他走到一扇窗边，拉开了百叶窗。温暖的阳光洒进了房间。

“怎么了？”她问，“你为什么回来得这么早？”

“修女们说你不太舒服。我觉得最好回来看看怎么回事。”

她心头掠过一股怒气。

“如果是霍乱，你会怎么说？”

“如果是霍乱，你今天上午就肯定回不了家了。”

她来到梳妆台前，梳了梳她的齐耳短发，为了争取一点儿时间。接着，她坐下来，点了一支烟。

“今天早上我不太舒服，院长认为我最好回来。但我现在又完全好了，明天我会照常去修道院。”

“是哪里不舒服？”

“她们没告诉你吗？”

“没有，院长说一定要你亲口告诉我。”

他此刻做着他很少做的事——直视着她的脸，他的职业本能战胜了个人本能。她犹豫了一下，然后强迫自己与他四目相对。

“我怀孕了。”她说。

对于你想当然地认为会引起惊叹的言语，他总是沉默以对，对此她早已习以为常，但是从未有如此刻这般令她痛不欲生。他没有说话，没有做手势，脸上没有动静，黑眼睛里也没有任何波澜，没有任何迹象表示他听到了。她突然想哭。如果一个男人爱他的妻子，他的妻子也爱他，那么在这样一个时刻，强烈的感情本该让他们紧紧相拥。沉默令她无法忍受，她率先开口。

“不知道为什么，我以前从来没想到过。我真是太蠢了，可是……最近的事情接二连三……”

“你有多久……预产期是什么时候？”

他吐字似乎有些困难，她感觉他像自己一样喉咙干涩。恼人的是，她说话的时候嘴唇在颤抖，如果他不是石头做的，这一定会激起他的怜悯吧。

“我想我这个样子已经有两三个月了。”

“父亲是我吗？”

她倒吸一口凉气。他的声音里只有微微的颤动，可怕的是，他那冷静的自制力让最小的情绪流露都如此令人揪心。不知为什么，她突然想起她在香港见过的一种仪器，上面有一根指针，据说只要摆动一点点，就代表着千里之外发生了地震，可能便有上千人丧命。她看着沃尔特，他面色惨白，她曾有一两次见过他这样的脸色。他低着头，目光偏向一边。

“是吗？”

她攥紧了双手。她知道，只要她说是，对他就意味着全世界。他会相信她，他当然会相信她，因为他想要相信，然后他便会原谅。她知道他的柔情有多深沉，也知道他会克服所有的羞涩，将它释放出来。她知道他没有报复心，他会原谅她的，只要能给他一个理由，一个触动他内心的理由，他就会彻底地原谅。她可以指望他绝口不提旧事。他或许残忍、冷酷、病态，但他既不刻薄，也不小气。只要她说“是”，就能改变一切。

而且她迫切需要同情。意外得知自己怀了孩子，使她充满了奇怪的希冀和从未有过的念头。她感到虚弱，有点儿害怕，以及孤独——似与所有朋友远隔天涯。这天早上，虽然她一点儿都不喜欢母亲，但她还是突然间渴望有她在身边。她需要帮助和安慰。她不爱沃尔特，知道自己永远做不到，但此刻她全心全意地渴望被他拥入怀中，把头靠在他的胸膛，紧贴着他，快意地哭泣。她想要他亲吻自己，想要用双臂搂住他的脖子。

她哭了起来。她已经撒了那么多谎，对此已经驾轻就熟。如果一个谎话只会带来好处，那又有什么关系呢？谎言，谎言，什么是谎言？说出“是”多么容易。她看到沃尔特眼神变得温柔，向着她张开双臂。她说不出口，不知道为什么，但就是说不出口。在这痛苦的几周里她所经历的一切，查理和他的无情，霍乱和所有这些垂死之人，那些修女，说来古怪，甚至还有那个滑稽的小酒鬼沃丁顿，这一切似乎都改变了她，让她不认识自己了。虽然她深受触动，但她灵魂中仿佛有某个旁观者恐惧而惊讶地观望着她。她必须说实话，这件事似乎不值得说谎。她的思绪胡乱飘荡着：刹那间，她看到那个在院子墙根死去的乞丐。她为什么会想起他来？她没有抽噎，泪水轻易地从圆睁的眼中淌出，顺着脸颊流下来。终于，她回答了这个问题——他刚才问她，他是不是孩子的父亲。

“我不知道。”她说。

他发出一声轻笑，令凯蒂不寒而栗。

“有点儿尴尬，不是吗？”

这回答很符合他的个性，正是预料中他会说的话，但还是让她的心沉了下去。她想知道他是否明白自己说出真话有多么艰难（与此同时她认识到这一点儿都不难，而是无可避免），是否为此而称许她。她的回答，“我不知道”“我不知道”，在她头脑中反复捶打。现在这句话已不能收回。她从包里拿出手帕，擦干了眼泪。他们相对无言。她床头桌上有一只虹吸水壶，他给她倒了一杯水，给她喝的时候为她端着杯子，她注意到他的手有多么瘦，那是一只好看的手，纤细而修长，可现在只剩下了皮包骨。它微微颤抖着——他可以控制他的脸，但那只手出卖了他。

“别在意我哭，”她说，“真的没什么，只不过是没忍住，眼泪就流出来了。”

她喝了水，他把杯子放了回去。他坐在椅子上，点了一支烟，然后轻轻叹了口气。她曾经有一两次听过他这样叹气，每次都令她揪心。他正出神地凝望着窗外，现在再看着他，她很吃惊，她之前没有注意到，几周以来，他竟已瘦成了这副模样。他的太阳穴凹陷，脸上的骨头透过皮肤显露出来。他的衣服松松垮垮地挂在身上，就像是为身材大一号的人做的。他的脸上布满晒斑，苍白之中泛着铁青。他看起来精疲力尽。他工作太过辛苦，睡得很少，不吃东西。她在悲伤和烦恼之余，不禁怜悯起他来。想到自己什么也不能为他做，她就觉得很残忍。

他捂着额头，似乎头在疼，她感觉那些词语也在他的脑海中疯狂地捶打：“我不知道，我不知道。”很奇怪，这个阴郁、冷漠、羞涩的男人会对婴儿竟有着如此天然的喜爱。大多数男人甚至连自己的孩子都没有多喜欢，可那些修女，带着感动，也觉得有些有趣，不止一次地说起沃尔特如何喜欢孩子。如果他对那些怪模怪样的中国婴儿都如此，那么对自己的孩子又会如何呢？凯蒂咬住嘴唇，以防自己又哭出来。

他看了看表。

“恐怕我必须得回城了。我今天有很多事情要做……你没事吧？”

“啊，没事，不用管我。”

“今晚最好不要等我了，我可能会很晚，就在余上校那里吃一点儿了。”

“好的。”

他站起身。

“如果我是你，今天我就什么也不做。你最好放轻松点，我走之前你有什么想要的吗？”

“没有，谢谢。我会没事的。”

他停顿了片刻，仿佛有什么悬而未决，随后，他突然拿起帽子，没有看她一眼便走出了房间。她听到他穿过了院子，心里感到无比孤独。现在已无须克制，她任由泪水决堤。

57

夜晚闷热难耐，凯蒂坐在窗前，望着中国寺庙那些奇异的屋顶，它们在星光的映衬下一片幽暗，这时沃尔特终于走了进来。她的眼睛哭肿了，不过人已经镇定下来。尽管有那么多烦扰，但可能只是因为精疲力尽，她此时异常地平静。

“我以为你已经睡了。”沃尔特走进来时说道。

“我不困，我觉得坐着会凉快些。你吃过晚饭了吗？”

“吃得很好。”

他在狭长的房间里走来走去，她看出他有话要对自己说，知道他很窘迫。她心平气和地等着他下定决心。他突然开口：

“我一直在想你今天下午告诉我的事。我认为你最好离开这里。我已经跟余上校说了，他会派人护送你。你可以带阿嬷一起走，一路会很安全的。”

“我能去哪里？”

“你可以去你母亲那儿。”

“你认为她会乐意看到我吗？”

他停顿了片刻，犹豫着，若有所思。

“那你可以去香港。”

“我在那儿做什么？”

“你需要被人好好照顾，让你留在这儿是不合适的。”

她忍不住泛起一抹微笑，不仅出于苦涩，也是实实在在地觉得有趣。她瞥了他一眼，险些笑出声来。

“我不知道你为什么这么担心我的健康。”

他来到窗边，站在那儿望着外面的夜色，无云的天空中从未有过这么多星星。

“这里不是你这样情况的女人待的地方。”

她看着他，他穿着单薄的衣服，在漆黑的夜色中显得很白。他优美的侧影中有某种险恶的东西，可奇怪的是，此时这没有激起她半分恐惧。

“你之前坚持让我来这里的时候，是想杀了我吗？”她突然问。

他很久没有回应，她以为他故作不闻。

“最开始是。”

她微微打了个寒战，因为这是他第一次承认自己的意图。但是她对他没有恨意。这种感觉让她自己很意外：那里面有某种钦佩，还有一点儿淡淡的愉悦。她不知为什么突然想起了查理·汤森，他在她眼中是一个卑鄙的蠢货。

“你冒了极大的风险，”她回答，“凭你那敏感的良心，要是我死了，我不知道你能不能原谅自己。”

“可你没死，你活得越来越好。”

“我这辈子从来没有感觉这么好过。”

她一时冲动，想恳求他宽恕自己。他们生活在如此恐怖和荒凉的环境之中，又一起经历了那么多，把通奸的荒唐事看得如此之重未免显得不够通达。死亡近在咫尺，像园丁挖土豆一样带走一个个生命，这时还要关心张三李四的身体做了哪些龌龊事实在愚蠢。要是能让他明白查理对她有多么微不足道该多好，她已经很难回想起他的样子，对他的爱从她心里彻底消逝了！因为她对汤森已经没有感觉，她和他做下的那些事也失去了意义。她已经重新找回了她的心，身体的付出显得无足轻重。她很想对沃尔特说：“听着，你不觉得我们已经傻够了吗？我们两个一直像孩子一样闹别扭。为什么不能亲吻一下，言归于好呢？没理由仅仅因为我们不是恋人，就不能成为朋友啊。”

他一动不动地站着，灯光映得他木然的脸苍白得吓人。她不信任他，如果她说错话，他就会以这副冰冷严厉的面孔对待她。她现在知道了他极度敏感，那尖酸的讽刺是一种自我保护，一旦感情受到伤害，他会飞快地关闭心扉。一时间，她对他的愚蠢感到一阵恼怒。最让他感到困扰的当然是他虚荣心受到的伤害，她隐约意识到，这是所有伤口中最难疗愈的一种。真奇怪，男人竟然这么看重妻子的忠诚。第一次与查理幽会时，她本以为自己会有不同的感觉——变成另外一个女人，可结果她感觉与原先的自己别无二致，只是体会到更多快乐和活力。此刻她多希望告诉沃尔特孩子是他的，说谎对她来说不算什么，而这个确认对他来说却是莫大的安慰。毕竟这可能也并不是谎言。奇怪的是，她内心有某种东西阻止她享受模棱两可带来的好处。男人真傻！他们在生育中扮演的角色如此无足轻重，是女人辛辛苦苦地十月怀胎，忍受着剧痛把孩子生下来，而男人却只因为那片刻的联结，便如此荒谬地认为那孩子属于自己。这为什么会影响他们对孩子的感情呢？随后，凯蒂的思绪飘回了自己身上，想到腹中这个孩子，她既没有强烈的感触，也没有母性的热情，只有一种无端的好奇。

“我觉得你该好好考虑一下。”沃尔特说道，打破了长久的沉默。

“考虑什么？”

他稍稍侧过身，像是有些惊讶。

“考虑什么时候走？”

“可我不想走。”

“为什么？”

“我喜欢在修道院的工作，我觉得自己正在变成有用的人。你待多久我就待多久。”

“我想我应该告诉你，以你现在的状况，或许更容易被环境中可能存在的细菌感染。”

“我喜欢你严谨的措辞。”她讽刺地笑了笑。

“你不是为了我才要留下的吧？”

她犹豫了一下。他不知道，现在他在她心里激起的最强烈也最意想不到的感情，是怜悯。

“不是，你不爱我，我总觉得我让你厌烦。”

“我没想到你是那种愿意为了几个古板的修女和一群中国小鬼劳心费力的人。”

她的嘴角泛起微笑。

“我认为，只因为你对我看走了眼，于是就这么看不起我，这是不公平的。你这样傻，可怪不着我。”

“如果你下定决心留下来，你当然可以这样做。”

“很抱歉我没法给你展现宽宏大量的机会。”她奇怪地发现很难跟他一本正经，“其实你说得很对，我留下来不只是为了那些孤儿。你明白，我处境很尴尬，在这世上没有一个人可以去投奔。我认识的人都觉得我讨人嫌，也没有谁在意我的死活。”

他皱起眉头，但不是因为生气。

“我们把事情搞得一团糟，不是吗？”他说。

“你仍然想要跟我离婚吗？我觉得我已经无所谓了。”

“你应该知道，我把你带到这里，就已经宽恕了那个过错。”

“我不知道。你看，我对不忠这件事还没有多少研究。那我们离开这里之后要怎么办？我们还要一起生活吗？”

“噢，你不觉得我们可以让未来自己来安排吗？”

他的声音里透着死一般的疲倦。

58

两三天后，沃丁顿从修道院接上凯蒂（由于焦躁不安，她立即恢复了工作），履行约定，带她去跟他家的女人喝茶。凯蒂在沃丁顿家吃过不止一次饭，那是一栋装修浮夸的方形白楼，海关为其官员在中国各地建的都是这样的房子。他们吃饭的餐厅和闲坐的客厅里都摆放着古板而结实的家具，又像是办公室，又像是旅馆，没有一点儿家的样子，让人明白这些房子只不过是一个接一个住客的草草暂居之所。你永远也想不到，就在它的二楼幽居着一段神秘与浪漫。他们上了一段楼梯，沃丁顿打开一扇门，凯蒂走进了一间空荡荡的大房间，墙壁粉刷成白色，上面挂着各式各样的书法卷轴。一张方桌旁，一把雕工繁复的乌木扶手椅上，坐着那个满族女人。看到凯蒂和沃丁顿走进来，她站起身，但没有走向前。

“这就是她。”沃丁顿说完，又补了几句中国话。

凯蒂与她握了握手。她身材苗条，穿着绣花长袍，比见多了南方人的凯蒂预想的要高一些。她身穿淡绿色丝绸上衣，窄袖从手腕垂下来，一头黑发上精心装点着满族女人的头饰。她的脸上敷着粉，从眼下到嘴角都涂着浓重的胭脂，眉毛修成一对黑色的细线，嘴唇则涂成猩红色。在这副“面具”上，她微微吊起的黑色大眼睛如两泓流动的黑玉之湖，散发着光芒。她看起来更像是一尊神像，而非一个女人。她的动作缓慢而淡定。凯蒂觉得她有点儿害羞，但又对自己充满好奇。沃丁顿向她介绍凯蒂的时候，她看着凯蒂，朝她点了两三次头。凯蒂注意到她的双手，它们长得出奇，且非常纤细，透着象牙色，精致的指甲上涂了油彩。凯蒂感觉自己从未见过那么漂亮的手，那样悠然而雅致，代表着无数个世代的教养。

她说了几句话，音调很高，像是果园里鸟儿的啁啾。沃丁顿为她翻译，告诉凯蒂她很高兴见到她，问她多大年纪，有几个孩子。他们在方桌旁的三把直背椅上坐下，一个仆人端来了几碗茶，茶色清浅，有茉莉花的香味。满族小姐递给凯蒂一个装着“三炮台”牌香烟的绿罐子。除了桌椅，房间里几乎没有家具，只有一张宽大的硬板床，上面摆着一只绣花头枕和两个檀木箱子。

“她一个人每天做什么？”凯蒂问。

“她偶尔画点儿画，有时候写首诗，不过大部分时间都闲坐着。她抽烟，但所幸有节制，因为我的一项职责就是禁止鸦片运输。”

“你抽吗？”凯蒂问。

“很少，说实话我更爱威士忌。”

房间里有一股淡淡的刺鼻气息，不算难闻，有些奇特，带着点儿异国情调。

“告诉她，很遗憾我没法跟她交谈。我相信我们两个之间有很多可说的。”

他把这句话翻译给满族小姐之后，她快速地向凯蒂投来一个眼神，带着浅浅的笑意。她坐着的时候意态从容，在华服的映衬下令人惊艳。涂了脂粉的脸上，那双眼睛警惕、沉着，又难以捉摸。她不似真人，而像是一幅画，那优雅的气度令凯蒂有些手足无措。自从命运将凯蒂抛掷到中国，她对这片土地仅仅有过一点浮光掠影并且略带轻蔑的关注——她觉得这些与己无关。此刻，她似乎突然隐约窥见某种邈远而神秘的东西。这里是东方，古老、幽晦，玄奥莫测。西方的信仰与理想，与眼前这位她得以匆匆一瞥的优美生灵相比，显得那么粗鲁。这里有一种不同的人生，与他们生活在不同的维度。凯蒂有一种奇怪的感觉，看到这位浓施粉黛、凤眼谛视着的偶像，令她感到熟悉的日常世界中的辛劳与苦痛，都变得有些荒诞。那副彩色面具之下，似乎隐藏着一个秘密，一种丰盈、深邃而有意义的生命体验；那双修长、纤细的手中，握着开启那解不开的谜团的钥匙。

“她一整天都在想些什么？”凯蒂问。

“什么也不想。”沃丁顿微笑道。

“她太美了。告诉她，我从来没见过这么漂亮的手。我想知道她看中了你什么。”

沃丁顿笑着翻译了这个问题。

“她说我是个好人。”

“说得好像女人会因为男人的美德而爱他一样。”凯蒂嘲笑道。

满族女人只笑过一回。当时凯蒂为了找话说，赞赏了她佩戴的玉镯。她把镯子摘了下来，凯蒂试图戴上，却发现，虽然她的手足够小，但镯子就是无法穿过她的指节。这时满族女人发出了孩子般的笑声。她对沃丁顿说了些什么，然后叫了阿嬷过来，吩咐了些话，过了一会儿，阿嬷送来了一双非常漂亮的满洲鞋子。

“她想把鞋子送给你，如果你能穿上的话。”沃丁顿说，“你会发现在卧室当拖鞋穿很不错。”

“完全合脚。”凯蒂说，不无得意之情。

但她注意到沃丁顿脸上顽皮的笑容。

“这双鞋她穿着太大了？”她马上问。

“大太多了。”

凯蒂笑了起来，沃丁顿把话翻译过去，满族女人和阿嬷也笑了。

晚些时候，凯蒂和沃丁顿一起走上山，她转向他，露出友好的笑容。

“你没告诉过我，你爱她爱得那么深。”

“你为什么这么认为？”

“我从你的眼睛里看到的。很奇怪，那一定就像是爱着一个幻影或者一个梦。男人真是捉摸不透，我原先以为你跟其他人都一样，现在才发觉我对你一无所知。”

走到平房的时候，他突然问她：

“你为什么想见她？”

凯蒂犹豫了片刻，然后回答：

“我一直在寻找着某样东西，又不太清楚究竟是什么。但我知道，了解它对我来说非常重要，如果我能找到，一切都会大不相同。或许那些修女了解它，我跟她们在一起的时候，我觉得她们都怀揣着一个不会与我分享的秘密。不知道为什么，我有了一个想法，如果见到这个满族女人，我会对我一直寻找的东西略知一二。如果她了解，也许会告诉我。”

“你为什么觉得她会了解那样东西？”

凯蒂斜瞥了他一眼，没有回答，反过来问了他一个问题。

“你了解那样东西吗？”

他微微一笑，耸了耸肩。

“道。有些人在鸦片中求道，有些人向上帝求道，有些人在威士忌里找它，有些人在爱情中寻觅。他们所走的都是同一条道路，它不通往任何地方。”

59

凯蒂又回到了让她踏实的日常工作之中，虽然一大早就感觉很不舒服，但她精神饱满，不让自己分心。修女们对她的兴趣让她感到惊讶：原先在走廊里见到，她们无非是向她道一声早安，而现在她们总是找个牵强的借口来到她工作的房间看她，带着亲近之情和孩子般的兴奋劲儿跟她聊上一会儿。圣约瑟修女反复跟她念叨，过去几天她一直心里嘀咕“我怀疑……”或者“要让我说中了”，有时听得凯蒂有些乏味。后来凯蒂晕倒时，她又说：“毫无疑问，明眼人都看出来了。”她大段大段地给凯蒂讲她嫂子分娩时的故事，要不是凯蒂富于幽默感，听了肯定会大为惊慌。圣约瑟修女用一种愉快而迷人的方式，将她成长中的真实景物（一条河蜿蜒流淌过她父亲农场的草地，白杨矗立在岸边，在微风中轻轻颤动），与种种宗教事物密切结合在一起。有一天，坚信着异教徒对这些一无所知，她给凯蒂讲起了天使报喜的故事。

“每次在《圣经》里读到那些句子，我都没办法不掉眼泪。”

她说，“我也不知道为什么，但它让我产生了一种奇怪的冲动。”

接着她用法语念了一句，那些词语凯蒂听来有些陌生，而且由于它们的严谨周密，未免给人感觉有些冰冷。

“天使进去，对她说，蒙大恩的女子，我问你安，主和你同在了。”

生育的神秘感在修道院中吹过，就像一阵阵微风在果园的白花之间轻拂。想到凯蒂怀了孩子，这些不能生育的女人感到既不安又兴奋。她现在让她们有点儿害怕，又让她们着迷。她们带着接地气的常识看待她的身体变化，因为她们都是农民和渔夫的女儿。但她们孩童般的心里怀着敬畏。一想到她的重担，她们就为她操心，同时也替她欣喜和雀跃。圣约瑟修女告诉她，大家都在为她祈祷。圣马丁修女说很可惜她不是天主教徒，但院长责备了她，说即便是新教徒，也可以成为一个好女人——她的原话是“une brave femme①”，le Bon Dieu② 会以某种方式将一切妥善安排。

引起了大家的关注，凯蒂既感动又开心，而令她十分惊讶的是，就连圣徒一般严厉的院长都对她殷勤起来。她向来对凯蒂很好，但保持着距离，而现在她用一种母性的温柔对待她。她的声音里有了一种新的柔和调子，眼睛里一下子有了些活泼的神情，仿佛凯蒂是个孩子，刚做了一件聪明有趣的事情。这莫名地

---

① 法语：一个正直的女人。
② 法语：上帝。

让人感动。她的灵魂就像一片平静的灰色海洋，庄严地翻涌着，沉郁而浩瀚，令人心生敬畏，突然间，一道阳光照了进来，让它变得灵动、亲切和欢快。现在院长常会在傍晚过来，陪凯蒂坐坐。

“我得留心别让你累坏了，mon enfant[①]，”她为自己找了个堂而皇之的借口，“不然费恩医生绝对不会原谅我。哎，这英国人的克制！他明明高兴得不得了，可你一跟他说这件事，他的脸色就变得苍白起来。”

她拉起凯蒂的手，温情地拍了拍。

“费恩医生告诉我，他希望你离开，但你又不肯，因为你舍不得离开我们。你太好了，我亲爱的孩子，我想让你知道，我们非常感谢你对我们的帮助。可我认为你也是不想离开他，这样更好，因为你应该陪在他身边，他需要你。啊，要是没有那个可敬的男人，我们真不知道该怎么办。”

“很高兴他能为你们做点儿事。”凯蒂说。

“你一定要全心全意地爱他，亲爱的，他是个圣人。”

凯蒂面露微笑，心里却在叹息。现在她能为沃尔特做的只有一件事，但她想不到怎么做。她想获取他的原谅，不再是为了她，而是为了他自己，因为她觉得仅这一件事便可令他心安。请求他原谅是没有用的，一旦他怀疑这不是为了她自己，而是为了他好，他那顽固的虚荣心便会让他不惜一切代价地拒绝（很奇

① 法语：我的孩子。

怪，现在他的虚荣心已经不会惹恼她，她觉得那很自然，只会更加同情他）。唯一的机会便是有意料之外的情况发生，或许才可以卸下他的防备。她觉得他需要一次情绪的爆发，将他从怨恨的噩梦中解脱出来，但是，由于他可悲的痴愚，一旦情绪来临，他一定会竭尽全力地反抗。

在这个多苦多难的世界上，人们只逗留如此短暂的时光，却还要这样折磨自己，岂不是太可怜了吗？

60

虽然院长跟凯蒂只聊过三四次，其中一两次只有十来分钟，但她给凯蒂留下了极深的印象。她的性格就像一片乡野，初入其间只觉广袤，却又有些萧索。而你不久就会发现，崇山峻岭的山谷里，小小村落在果树丛中展露笑颜，在郁郁葱葱的草地上，一条条怡人的小溪汩汩流淌。而这些赏心悦目的风景，虽然让你惊奇，甚至安心，却并不足以让你在黄褐色的高地和多风的旷野感到自在。与院长亲密无间是不可能的，她身上有某种尘世之外的气息，这种气息凯蒂已在其他修女，乃至和蔼健谈的圣约瑟修女那里感受到，而在院长身上则形成了一道近乎森严的壁垒。这给你一种奇怪的感觉，让你畏惧，也令你肃然起敬，她与你行走在同一片土地上，处理世俗的事务，而又明显生活在一处你无法抵达的空间里。有一次，她对凯蒂说：

“一个修女不停地对耶稣祈祷是不够的，她应该学会独自祈祷。”

虽然这番话和她的信仰交织在一起，但凯蒂听来很自然，没有刻意感化异教徒的意味。凯蒂觉得奇怪的是，自己对上帝无知是有罪的，以院长深厚的仁慈之心，竟对此放任不管。

一天傍晚，两人坐在一起。白昼正在变短，黄昏的柔光令人神怡，也带着一点儿忧郁。院长看起来很疲倦，悲伤的面孔苍白憔悴，那双美丽的黑眼睛失去了光芒。或许是因为疲惫，她罕见地产生了一种想与别人推心置腹的心境。

“对我来说，今天是值得纪念的一天，我的孩子。”她从长久的遐思中回过神来说道，“因为这一天是我最终决定献身宗教的日子。我花了两年时间考虑这件事，我对这个感召心怀恐惧，因为我担心可能会再次被世俗之念俘获。但是，那天早上领受圣餐之时，我暗暗发誓，要在入夜之前向母亲道出我的愿望。领受圣餐之后，我请求主赐予我心灵的宁静。我似乎得到了答案：不再渴望，方能拥有。”

院长似乎沉浸在对往昔的回忆之中。

“那一天，我们的一位朋友，威尔诺夫人，没有告诉任何亲戚，就离家去了卡梅尔。她知道他们都反对她迈出这一步，但她是个寡妇，觉得自己这样的人有权做自己选择的事。我的一个表姐去跟这位遁世的亲人道别，直到傍晚才回来，她被深深地触动了。我还没有跟母亲说起过，一想到要把这想法告诉她，我就浑身发抖，可我还是想要坚持领受圣餐时下定的决心。我问了表姐各种各样的问题，一旁的母亲，表面上在织毯子，其实一个字都没落下。我一边聊着，一边对自己说，如果我要今天说，那就一分钟也不要耽误。

“很奇怪，那个场景我竟记得那么清楚。我们围坐在一张圆桌旁边，上面盖着红色桌布，我们在一盏绿色灯罩的台灯下干活。我的两个表姐正在家中暂住，我们一起给客厅的椅子织罩毯。想想看，自从路易十四时代买来之后，罩毯就没换过，它们得破烂褪色成什么样子，母亲说这很丢脸。

“我努力想要说出那些话，但是嘴巴不听使唤，沉默了几分钟后，母亲突然对我说：‘我真的无法理解你朋友的行为，我不喜欢她这样一句话也不说，就离开那么多爱她的人。这是戏剧里的滥俗桥段，实在很不得体。一个有教养的女人不管做什么，都不会受人指摘。如果你要离开我们，给我们带来巨大的悲伤，那么我希望你不要像犯了罪一样逃之夭夭。’

“到了该坦白的时刻，但我太懦弱了，说出口的只有：‘啊，放心吧，maman[①]，我没有那个魄力的。’

“母亲没有回答，我很后悔没敢说出自己的想法。我好像听到上帝对圣彼得说：‘彼得，你爱我吗？’哎，我多么软弱，多么忘恩负义啊！我贪图安逸，留恋世俗生活，放不下我的家人，还有各种娱乐消遣。我沉浸在自怨自艾之中，过了一会儿，仿佛对话没有中断似的，母亲对我说：‘不过，我的奥黛特，我觉得你这辈子不做出一些不朽的事情来，是不会罢休的。’

“我仍然沉浸在焦虑和深思之中，两个表姐则安静地干着活，根本不知道我的心在怎样怦怦直跳。突然间，母亲任由手中

① 法语：妈妈。

的罩毯滑落，认真地注视着我说：‘哎，我亲爱的孩子，我确信你最终会成为一名修女的。’

“‘你是认真的吗，我的好妈妈？’我回答，‘你把我内心最深处的想法和渴望都看透了。’

“‘Mais oui.[①]’我的两位表姐不等我说完便叫道，‘这两年来，奥黛特一门心思只想着这件事情。但是您不能同意，ma tante[②]，您一定不要同意。’

“‘我们有什么权利拒绝呢，亲爱的孩子们，’母亲说，‘如果这是上帝的旨意？’

“这时候，我的两位表姐想要让对话轻松下来，便开玩笑地问我打算怎么处理我那些小玩意儿，还兴高采烈地争执着谁要这个谁要那个。但是这快活劲儿没有持续多久，我们就都哭了起来。接着，我们听到我父亲上楼的声音。”

院长停顿了一下，叹了口气。

“这对我父亲来说非常难以接受。我是他唯一的女儿，男人对女儿的爱往往比对儿子更深。”

“人有着一颗心真是太不幸了。”凯蒂微笑着说。

“把这颗心奉献给对耶稣基督的爱，这是莫大的幸运。”

就在这时，一个小女孩向院长走来，兴致盎然地给她看一个不知从哪弄来的奇特玩具。院长用她纤长优美的手搂住孩子的

---

① 法语：当然。

② 法语：我的姑妈。

肩膀，孩子依偎着她。她的笑容那么和蔼可亲，却又那么不沾染人间烟火，看得凯蒂有些入迷。

“看到这些孤儿都这么爱戴您，真是太好了，院长。”她说，“如果我能激发出这么多的爱，我会非常自豪的。”

院长又一次露出了淡漠而美丽的微笑。

“赢得人心的方法只有一个，那就是让自己成为一个值得爱的人。”

61

那天晚上，沃尔特没有回来吃饭。凯蒂等了他一会儿，因为每次他在城里有事耽搁了，都会给她捎句话，最后她只好一个人坐下吃。尽管正当疫期，供给困难，但是出于礼节，中国厨子还是每顿都做上好几道菜，面对眼前的各色菜肴，她只是做样子吃了吃。然后，她躺在敞开的窗户旁的藤条长椅上，沉醉于星光璀璨的夜色。寂静令她心神安宁。

她没有试图阅读，思绪飘浮于心灵之表，就像平静的湖面上倒映着朵朵白云。她太累了，一朵也捉不到，只能放任自己跟随着它们飘荡。她朦朦胧胧地思忖着，跟修女们的对话给她留下的诸般印象，究竟对她意味着什么。奇怪的是，虽然她们的生活方式深深打动了她，但这背后的信仰却令她无动于衷。任何时候她都无法想象自己会被信仰的激情俘虏。她轻轻叹了口气，如果那道恢宏的白光能够照亮她的灵魂，那么一切都会更容易。有一两次，她想把自己的痛苦及原因告诉院长，但还是不敢，她不能忍受这个严苛的女人认为她不好。在院长看来，她所做的事自然会被视作严重的罪过。奇怪的是，与其说是邪恶的，她更认为它愚蠢和丑陋。

或许是由于自身的愚蠢，她觉得跟汤森的关系是令人后悔甚至厌恶的，但她更想忘掉，而非忏悔。就好比在聚会上出了洋相，做什么也无法补救，难堪得要命，但这也说明人们缺乏理智，把这些看得太重要了。一想到查理靠衣着精心遮掩的宽大体型，那线条模糊的下巴，还有他挺起胸膛以免显得大腹便便的站姿，她就打起了寒战。他多血质的性格体现在那一条条又红又细的血管上，它们能够很快在他红润的脸颊上织起一张网。她曾经爱过他浓密的眉毛，而现在看来却透着兽性，令人恶心。

未来怎么办？很奇怪，她已对这个问题漠不关心，完全无法去设想。也许她会在孩子出生时死去。她的妹妹多丽丝一直比她强壮得多，而多丽丝差点死掉。（她不辱使命，为新晋准男爵生下了一个继承人。凯蒂想到母亲满意的样子，便微笑起来。）如果未来如此渺茫，那也许就意味着她注定永远无法窥测。沃尔特或许会让她的母亲照顾孩子——如果孩子活下来的话。她非常了解沃尔特，她相信，虽然他作为父亲的身份不明，但他一定会善待孩子。她相信沃尔特在任何情况下都会表现得令人钦佩。

可惜的是，他有那么多了不起的品质，无私而高尚，聪明又有情，但他就是不讨人喜欢。她现在一点儿都不害怕他了，只是为他难过，同时又忍不住觉得他有些荒唐。深沉的感情令他脆弱不堪，她有一种感觉，总有一天，以某种方式，她可以设法让他原谅自己。现在她的头脑中萦绕着一个想法，对于自己给他造成的痛苦，唯一能做的补救便是给他的内心带来安宁。可惜他一点儿幽默感都没有：她设想有朝一日，他们两个可以一起将他们的彼此折磨付之一笑。

她累了，提着灯走进房间，脱下衣服，上了床，很快就睡着了。

62

她被一阵响亮的敲门声吵醒了。起初，由于这声音与她醒前的梦交织在一起，她无法将其与现实联系起来。敲门声继续着，她才意识是从院子大门传来的。夜色昏暗，她有一只指针发磷光的表，看到这时是两点半。一定是沃尔特回来了——他今天怎么这么晚——却叫不醒仆人。敲门声还在继续，越来越响，在这寂静的夜晚，那声音令人心惊肉跳。敲门声停止了，她听到沉重的门闩卸了下来。沃尔特从未如此晚归，可怜的家伙，一定累坏了！她希望他理智一点儿，直接上床睡觉，不要像往常一样又钻进他的实验室里工作。

外面传来一阵说话声，几个人走进了院子。这很奇怪，因为每当沃尔特回来晚了，为了不打扰她，总会尽量保持安静。两三个人快步走上木台阶，进了隔壁房间。凯蒂有一点儿害怕，在她心底一直恐惧这里会发生排外暴乱。出什么事了吗？她开始心跳加速。不过，她还没来得及理清心中隐隐的忧虑，有一个人便已经穿过房间，敲响了她的门。

“费恩太太。”

她听出是沃丁顿的声音。

“我在，怎么了？”

“请你马上起来，我有事要跟你说。”

她爬起来，穿上一件晨衣，拉开门锁，把门打开。一眼便看到穿着中式长裤和茧绸大衣的沃丁顿，提着防风灯的仆人，以及他们身后的三个穿着卡其布军服的中国士兵。她看到沃丁顿脸上惊慌失措的表情，怔了怔。他的头发乱蓬蓬的，像是刚从床上跳下来似的。

“出什么事了？”她倒吸一口气。

“你一定要保持冷静，一分钟也不能耽误了，快穿上衣服，马上跟我走。”

“到底怎么了？城里出什么事了吗？”

一看到那些士兵，她立刻想到是发生了暴乱，他们是来保护她的。

“你丈夫病了，我们想让你立刻过去。”

“沃尔特？”她喊道。

“千万不要慌张，我也不知道究竟什么情况。余上校派这位军官来找我，让我马上把你带到衙门去。”

凯蒂注视了他一会儿，突然感到心头一阵发冷，然后转过身去。

“我两分钟就准备好。”

“我就穿成这样来的，”他回答，“我正睡觉，就穿了外套和鞋子。”

她没听到他说什么。她借着星光更衣，手边有什么便穿什么。她的手指突然间变得如此笨拙，似乎花了很长时间才找到那些扣衣服的小搭扣。她披上了傍晚穿的那件广东披肩。

“我还没戴帽子，没有这个必要吧？”

“没有。”

仆人提着灯笼走在前面，他们匆匆走下台阶，走出院门。

“小心别摔倒，”沃丁顿说，“你最好抓住我的胳膊。”

士兵们紧跟在二人身后。

“余上校派了轿子，正在河对岸候着。”

他们快步走下山。凯蒂无法问出那个在她唇间剧烈颤抖的问题，她对答案无比恐惧。他们来到岸边，船头有一缕光线，一艘舢板正等着他们。

“是霍乱吗？”她这时问道。

“恐怕是的。”

她轻呼了一声，又立即收住。

“我想你还是尽快赶过去再说。”

他伸手扶她上了船。航程很短，河水几乎凝滞，他们一群人站在船头，一个背上绑着个孩子的妇女用一只桨划着舢板渡河。

“他是今天下午病倒的，应该说是昨天下午了。”沃丁顿说。

“为什么没有马上派人来叫我？”

虽然没有必要，但两人还是压低了声音。在黑暗中，凯蒂能感觉到这位同伴有多么焦急。

“余上校想叫你，但他不让。余上校一直陪在他身边。”

“他无论如何都该把我叫来，这样太无情了。”

“你的丈夫知道你从来没见过染上霍乱的人，那景象又可怕又恶心，他不想让你看见。”

“可他毕竟是我丈夫。”她的声音哽咽起来。

沃丁顿没有回应。

“为什么现在让我来了？”

沃丁顿把手搭在她的手臂上。

“亲爱的，你一定要非常勇敢，必须做好最坏的打算。”

她痛苦地哀号了一声，然后稍稍转过身去，因为她看到那三个中国士兵正看着自己。她冷不丁地瞥见了他们的眼白。

“他快死了吗？”

“我只知道余上校让这位来接我的军官捎来的口信，据我判断，快要撑不住了。”

“完全没有希望吗？”

“我非常抱歉。我担心如果我们不快点儿赶过去，恐怕就没法见他最后一面了。”

她浑身发抖，泪水沿着脸颊淌了下来。

“你知道，他一直过度操劳，身体没有抵抗力。”

她用恼怒的姿势抽离了他的手臂。他竟然用那种低沉而痛苦的声音说话，令她气愤不已。

他们抵达对岸，两个中国苦力站在岸上，扶她下了船。轿子正等在那里。她走进自己那一顶时，沃丁顿对她说：

“尽可能控制好你的情绪，用上你全部的自制力。”

“告诉轿夫走快一点儿。”

“已经吩咐他们能多快走多快了。”

那名军官已经坐上轿子，从凯蒂旁边经过时向她的轿夫大声下令。他们利落地抬起轿子，把轿杆扛在肩上，快步出发，沃丁顿紧随其后。他们跑着上了山，每顶轿子前都有一个人提着灯笼。到了水闸前，一个看闸人正举着火把站在那里。一行人走近时，军官向他喊了一声，他猛地拉开闸门一侧，让他们通过。他们走过去的时候，看门人感叹了一句什么，轿夫们大声回应他。夜深人静之时，那些用一种陌生语言发出的喉音，听起来既神秘又令人心惊。他们摇摇晃晃地走在又湿又滑的鹅卵石巷道上，军官的一个轿夫绊了一跤，凯蒂听到军官气呼呼地大声叫骂，轿夫也没好气地回嘴，接着轿子又开始匆匆前行。街道狭窄而曲折，城市正值深夜，宛如一座死城。他们沿着一条窄巷疾行，拐了个弯，又跑了几步，轿夫们开始喘起粗气。他们大步流星地走着，沉默不语。一个轿夫掏出一块破烂的手帕，边走边擦去从额头流进眼睛里的汗水。他们在路上绕来绕去，就像在迷宫里疾驰。在那些闭门关窗的店铺里，有时隐约可以看到一个躺着的身影，但你不知道那是一个睡到天亮醒来的人，还是一个永远长眠不醒的人。狭窄的街道空旷而寂静，显得如此阴森。一只狗突然狂吠起来，令凯蒂饱受折磨的神经惊恐地震颤。她不知道他们去往哪里，这条路仿佛没有尽头。他们不能走得再快些吗？再快些，再快些。时间在流逝，随时都可能来不及。

63

他们沿着一道长长的光秃秃的墙壁走着，突然来到一处两侧设有岗亭的大门口，轿夫们放下了轿子。沃丁顿匆匆向凯蒂走来，她已经跳下轿子。军官一边大声敲门一边叫喊。一扇边门打开了，他们走进一个院子。院子宽广方正，士兵们裹着毯子挤在一起，蜷缩在墙边的飞檐下。军官跟一个可能是站岗的军士说着话，他们等了一会儿，随后军官转过身，对沃丁顿说了什么。

“他还活着，”沃丁顿低声说，“走路小心点儿。”

仍然由提灯笼的人在前面带路，他们穿过院子，上了几级台阶，通过一扇大门，然后来到另一座宽阔的庭院。院子一侧是一个长厢房，里面点着灯，灯光透过米纸，勾勒出精美的窗格图案。提灯笼的人领着他们穿过院子，来到这个房间前面，军官敲了敲门。门立刻打开了，军官看了凯蒂一眼，退后了一步。

“进去吧。”沃丁顿说。

那是一个狭长、低矮的房间，烟气缭绕的油灯将幽暗的屋子映得阴森森的。三四个勤务兵站在周围，门对面靠墙的一张硬板小床上，一个男人蜷缩着躺在毯子下面。一位军官一动不动地站在床尾。

凯蒂冲过去，向小床俯下身子。沃尔特闭着眼睛躺着，在昏暗的光线下，他面如死灰。他安静得可怕。

“沃尔特，沃尔特。”她喘着气，用低沉而惊恐的声音唤道。

那身体微微动了动，或者说有了一丝动的迹象，如此轻微，就像一丝微风，你感觉不到，却刹那间在平静的水面搅动起涟漪。

“沃尔特，沃尔特，跟我说话。”

那双眼缓缓睁开了，仿佛费尽千辛万苦才能抬起那沉重的眼睑。但他没有看人，只是盯着离他的脸几英寸的墙壁。他说话了，声音低沉而微弱，其中隐隐有一丝笑意。

“一塌糊涂。”他说。

凯蒂不敢呼吸。他没有再出声，也没有任何动作，但他的眼睛，那双冷淡的黑眼睛（此刻看到了什么神秘之物？）盯着白墙。凯蒂站了起来，用憔悴的目光看着站在那里的军官。

“肯定还能做些什么的。你不会就站在那儿，什么也不做吧？”

她攥紧了双手。沃丁顿对站在床尾的军官说了几句话。

“恐怕能做的他们都已经做了。军团里的军医一直在救治他。你的丈夫培训过他，他已经做了你丈夫自己能做的一切。”

“那个就是军医吗？”

“不，那是余上校，他寸步不离你丈夫床边。”

凯蒂心烦意乱地看了他一眼。他个子不矮，但是体格粗壮，穿着卡其布军服，看起来神情焦灼。他一直看着沃尔特，凯蒂看到他的眼里含着泪水，内心感到一阵刺痛。为什么那个长着一张黄色扁脸的男人眼中会有泪水？这激怒了她。

“什么也做不了真是太难受了。”

“至少他不再痛苦了。”沃丁顿说。

她又一次朝丈夫俯下身去。他那双可怖的病眼依然空洞地注视着前方。她不知道他能否用那双眼看到东西，也不知道他是否听到了他们的话。她把嘴唇凑近他的耳朵。

“沃尔特，我们还能做点什么吗？”

她认为一定可以给他某种药物，让他如潮水般退去的生命得以停驻。现在她的眼睛更加适应了昏暗，她惊恐地看到他的面孔已经垮下，几乎认不出他来了。无法想象，短短几个小时，他竟变成了另外一个人——他看起来根本不像是个人，而像是死亡本身。

她觉得他正努力想要说话，于是把耳朵凑近。

“别大惊小怪，我走过了艰辛的一程，但现在已经好了。”

凯蒂等了一会儿，但他没有说话。他静默的样子让她心如刀割。他竟如此纹丝不动地躺在那里，令人毛骨悚然。他似乎已经为坟墓中的寂静做好了准备。某个不知是军医还是军医助手的人走过来，做了个手势让她挪到一边。他向这将死之人俯下身，用一块脏脏的破布润湿他的嘴唇。凯蒂再次站起身，绝望地转向沃丁顿。

“一点儿希望也没有了吗？”她轻声问。

他摇了摇头。

“他还能活多久？”

“谁也说不准，也许一个小时吧。”

凯蒂环视了一眼空荡荡的房间，目光在余上校粗壮的身影上停留了片刻。

“我可以单独跟他待一会儿吗？”她问，“只要一分钟。”

“当然可以，如果你想的话。”

沃丁顿走到余上校身边，跟他说了。余上校微鞠一躬，然后低声下了命令。

“我们在台阶上等着，”他们列队走出去时，沃丁顿说，“你喊一声就行了。”

现在，这难以置信的一幕已经压垮了她的意识，就像麻醉药周流于她的血管。她意识到沃尔特就要死了，心里只有一个想法，就是把毒害他灵魂的怨恨从他心中拔除，让他安详地离去。她觉得，如果他死前能够跟她和解，也就可以与自己和解了。她此刻完全没有考虑自己，只有他。

“沃尔特，我恳求你原谅我。”她朝他俯下身说道。生怕他承受不了一点儿力，她小心翼翼地不碰到他。“我对你犯下了过错，我非常非常抱歉。我后悔得要死。”

他不发一言，似乎没有听到。她只好一直说下去。她有一种奇怪的感觉，仿佛他的灵魂是一只振翅的蛾子，翅膀上载着沉重的恨意。

“亲爱的。”

一道阴影掠过他煞白塌陷的脸。那算不上一个动作，却如同抽搐般骇人。她以前从未对他用过这个称呼。或许在他垂死的大脑中闪过这样一个念头，令他困惑不解——这是她常用的词语，但他只听她对狗、婴儿和汽车用过它。这时，可怕的事情发生了。她攥紧了拳头，竭尽全力控制自己，因为她看到两滴眼泪从他枯槁的面颊缓缓流下。

“啊，亲爱的，我的宝贝，如果你曾经爱过我——我知道你爱过我，是我太可恨——请你原谅我。我现在没有机会表达我的忏悔。可怜可怜我吧，我恳求你的原谅。”

她停下来，看着他，屏住呼吸，热切地等待他的回应。她看到他想要说话，心脏猛地一跳。她觉得，如果在最后时刻能够将他从苦海中解救出来，那么对于她给他造成的痛苦便是一种补偿了。他嘴唇微动，没有看她，眼睛空洞地盯着白墙。她俯下身要听清他说话，但他说得很清楚。

“死的是那条狗。”

她僵住了，好像变成了石头。她听不明白，惶惑不安地望着他。这话没有意义，他神志不清了。她说的话他一个字也没听懂。

人不可能这样一动不动却还活着。她反复端详着他，他的眼睛睁着，她看不出他是否还有呼吸。她开始害怕起来。

“沃尔特，”她轻声说，“沃尔特。”

最后，她一下子站起身，一阵突如其来的恐惧攫住了她。她转过身，向房门走去。

"请你们过来，他好像……"

他们走了进来。那个小个子中国医生走到床边，打开手里的手电筒，照了照沃尔特的眼睛，然后将它们合上。他说了几句中国话，沃丁顿用一只手臂搂住了凯蒂。

"恐怕他已经死了。"

凯蒂深深地叹息了一声，几滴泪水从她眼中落下。她感到茫然，而非悲痛。那些中国人围在床边站着，有些无助，似乎不知道接下来该做什么。沃丁顿沉默不语。过了一会儿，中国人开始低声交谈起来。

"我最好把你送回平房去，"沃丁顿说，"他也会被送过去。"

凯蒂疲惫地用手抚过自己的额头。她走到那张小床边，俯下身，轻轻地吻了一下沃尔特的嘴唇。她现在不哭了。

"对不起，给你带来那么多烦恼。"

她走过去的时候，军官们向她敬礼，她庄重地鞠躬还礼。他们穿过院子往回走，坐进了轿子，她看见沃丁顿点了一支烟。一缕轻烟飘散在空中，那就是人的生命。

64

天刚破晓，各处的中国人正放下店铺的门板。在昏暗的店铺深处，借着一根细蜡烛的光亮，一个女人正在洗手洗脸。街角的一间茶馆里，一群男人正在吃早饭。灰蒙蒙的清冷晨光像小偷一样，沿着一条条狭窄的小巷蹑足而行。河面笼罩着一层苍白的薄雾，密密麻麻的帆船桅杆在雾中赫然耸现，像是幽灵大军的长矛。他们过河的时候很冷，凯蒂裹着鲜艳的披肩缩成一团。他们走上山，凌于雾气之上。太阳在无云的天空中照耀着，如往常一样，仿佛没有任何特别的事情发生，使这一天与其他日子有所不同。

“你不想躺一下吗？”走进平房时，沃丁顿问。

“不，我要坐在窗边。”

过去的几个星期里，她总是久久坐在窗边，对于巨大的堡垒上那座奇异、俗艳、美丽而又神秘的庙宇，她的眼睛现在已经如此熟悉，这让她的精神得到休憩。即便在正午粗粝的阳光下，它依然那么不真实，得以将她从现实生活中抽离出来。

“我让仆人给你沏点儿茶，恐怕今天早上就得把他葬了，都由我来安排。”

“谢谢你。”

65

三小时后，他们埋葬了他。必须把他装进一口中国棺材里，让凯蒂感到不快，就像躺在这样一张陌生的床上他一定会睡不安稳似的。但事已至此，也没有办法。修女们得知了沃尔特的死讯，正如她们了解城里发生的每件事一样。她们派人送来了一具大丽花十字架，古板且正式，像是出自一个娴熟的花匠之手。那具十字架孤零零地置于中国棺材上，显得奇形怪状、格格不入。一切准备就绪后，他们便只等余上校了，他已经捎话给沃丁顿，说他想要参加葬礼。余上校在一位副官的陪同下前来。他们走上山，棺材由六个苦力抬着，运到一小块土地上，那里埋葬着沃尔特所接替的那个传教士。沃丁顿在传教士遗物中找到了一本英文祈祷书，带着罕见的窘迫之态，他低声宣读葬仪祷词。也许，诵读这些庄严而可怕的词句之时，他的脑海中盘旋着一个想法，如果轮到他成为瘟疫的受害者，那么现在就没有人能够为他读这些词了。棺材落进了坟墓，掘墓人开始填土。

脱帽立于墓旁的余上校这时戴上了帽子，向凯蒂庄重地敬了个礼，对沃丁顿说了一两句话，随后便带着他的副官离开了。苦力们很好奇，想看一场基督教的葬礼，所以一直徘徊不去，现在则散乱地聚在一起，手里拖着扁担，慢悠悠地走了。凯蒂和沃丁顿一直等到墓地填好，然后，在那散发着新鲜泥土气息的土堆上，他们摆上了修女们送的端庄的大丽花十字架。她一直没有哭，但是当第一铲土哗啦哗啦地落在棺材上时，她的心感到一阵剧痛。

她看到沃丁顿正等着她一起离开。

“你忙不忙？”她问，“我现在还不想回到那栋平房。”

“我没什么事情，全都听你的。”

66

二人沿着山径漫步，登上矗立着那座牌坊的山顶。那是一座贞节牌坊，为纪念一位守节的寡妇而立，凯蒂对此地的很大一部分印象都来源于它。它是一个象征，但她不知道究竟象征着什么，也说不清为什么，它有一种讽刺挖苦的意味。

“要不要坐一会儿？我们已经很久没在这儿坐一坐了。”辽阔的平原在她面前展开，在晨光中显得宁谧而安详。“我才到这里几个星期，却好像过去了一辈子。”

沃丁顿没有回应，凯蒂任由思绪飘荡了一会儿，然后叹息了一声。

“你觉得灵魂是永生不灭的吗？”她问。

听到这个问题，沃丁顿似乎并不惊讶。

“我怎么知道呢？”

“就在刚才，他们给沃尔特擦洗了身体，准备入殓之前，我看着他。他的样子很年轻，远没到入土的时候。你还记得你第一次带我散步时我们看见的那个乞丐吗？我当时吓坏了，不是因为他死了，而是因为他看起来就像从来都不是一个人，只是一只死去的动物。现在再看沃尔特，他的死就好像是一架机器停止了运转。这才是可怕的地方。如果只是一架机器停止运转，那么这一切的灾难、不幸，和人们内心的苦痛，都显得多么没有意义。”

他没有回答，目光周游于他们脚下的风景。大地辽阔无垠，晨光晴朗而有生机，令人心生欢喜。一小块一小块整齐的稻田一直延伸到目力所及的远方，穿青布衫的农民赶着水牛，在稻田里辛勤地劳作。这是一幅安宁喜乐的画面。凯蒂打破了沉寂。

“我没法向你形容，在修道院里的所见所闻给了我多么深的触动。她们太了不起了，那些修女，她们让我觉得自己是个卑微至极的人。她们舍弃了一切：家庭、祖国、爱情、孩子、自由，还有那些有时候我觉得更难割舍的小事物，鲜花和绿地、秋日里的散步、书籍和音乐、舒适的生活。她们舍弃了一切的一切。她们舍弃了这些，是为了将自己奉献给另一种生活：牺牲、贫穷、持守戒律，还有令人精疲力竭的劳作和祷告。对于她们所有人来说，这个世界是一片真真正正的放逐之地。生活是一具她们甘愿背负的十字架，但她们心里时时刻刻充斥着一种愿望——噢，比愿望强烈得多，是一种期盼，一种渴求，对死亡的热切渴求，死亡将引领她们走向永生。”

凯蒂双手紧扣，痛苦地看着他。

“哦？”

“假如没有永生呢？想想看，如果死亡的确是一切的终结，那又意味着什么？她们舍弃了所有，却什么也没有换来。她们被欺骗了，她们是一群上当的人。”

沃丁顿沉思了片刻。

“我在想……我在想就算她们的寄托是虚幻的，又有什么关系。她们的生命本身是美好的。我一直有一个想法，唯一让我们有可能不对我们生活的这个世界产生厌恶的东西，就是美，是人类不时于混沌之中创造出来的美。是他们画的画，是他们谱的曲，是他们写的书，是他们过的生活。在所有这些事物之中，最富于美的，是美丽的人生，那是一件完美的艺术品。”

凯蒂叹了口气。他所说的似乎有些艰深，她想听他再多讲讲。

“你有没有听过交响音乐会？”他接着说。

“听过。”凯蒂微笑着说，“我对音乐一窍不通，但还是很喜欢。”

“乐团里的每一名乐手演奏自己手头那件小小乐器，复杂的和声在他们之外的空间里汇聚和舒展，你觉得他们如何理解它呢？乐手只关注他自己演奏的那一小部分，但他们知道交响是美妙的。虽然没有乐手能听到这个整体，但它依然美妙，所以乐手们心甘情愿地演奏自己的那一部分。”

“那天你说起了‘道’，”凯蒂停顿了一下，接着说，“给我讲讲那是什么。”

沃丁顿看了她一眼，踌躇了片刻，滑稽的面容上露出淡淡的微笑，回答道：

“‘道’就是道路和行路者。那是一条永恒的大道，万事万物行走于其中，但它不是创造出来的，而是恒常的本原。它周流万方，又空无一物。万物生于‘道’，万物循于‘道’，而最终万物复归于‘道’。它是没有棱角的方，是耳不能闻的音，是没有形体的象。[①]它是一张恢恢之网，网眼如大海一般宽阔，却漏不下任何东西。[②]它是万物托庇之所。它无处可寻，但你无须望向窗外就可以看到它。[③]它教导我们无欲无为，让万事万物顺应自身，自然发展。谦卑者可以得到保全，弯曲之物反而能够有所伸展。[④]失败是成功的根基，而成功之中也潜伏着失败——不过谁能说清转折何时到来呢？[⑤]追求‘柔’的人可以复归婴孩的状态。[⑥]‘柔’令攻者胜，令守者安。[⑦]真正的强者是战胜自己的人。[⑧]”

“这有什么意义吗？”

“偶尔有，当我喝了半打威士忌，仰望繁星的时候，我觉得它也许是有道理的。”

他们陷入沉默，又是由凯蒂先开口。

“告诉我，‘死的是那条狗’，这句话有什么出处吗？”

沃丁顿嘴角泛起微笑，心里想好了答案。然而此刻，他的

---

① 大方无隅、大音希声、大象希形。
② 天网恢恢，疏而不失。
③ 不窥牖，见天道。
④ 曲则全，枉则直。
⑤ 祸兮，福之所倚；福兮，祸之所伏。
⑥ 专气致柔，能如婴儿乎？
⑦ 柔者生，弱者存。
⑧ 自胜者强。

感受力变得异常敏锐起来。凯蒂没有看他，但她的神情里藏着某些东西，令他改变了想法。

“即使有，我也不清楚。”他小心翼翼地回答，“为什么问这个？”

“没什么，脑子里闪过的一句话，有点儿耳熟。”

又是一阵沉默。

“你跟你丈夫独处的时候，”沃丁顿这时开了口，“我跟军团里的医生聊了聊，想要了解些详情。”

“哦？”

“他当时情绪很不稳定，我也没法完全搞清楚他的意思。我能听出来的是，你的丈夫是在做实验的过程中感染的。”

“他总是在做实验。他其实不是医生，而是细菌学家，所以他才那么想要来这里。”

“不过从军医的话里，我也听不太明白他究竟是意外感染，还是有意在自己身上做实验。”

凯蒂的脸色变得煞白，这种暗示令她打起了寒战。沃丁顿握住了她的手。

“原谅我又提起这个，”他柔和地说，“我本以为这件事或许能让你感到安慰——虽然我知道在这种情形下说什么都徒劳无益——我想，沃尔特为科学殉道，为职责捐躯，或许这件事对你来说是有意义的。”

凯蒂耸了耸肩，流露出一些不耐烦的神色。

“沃尔特是因为心碎而死的。”她说。

沃丁顿没有说话。凯蒂转过头，缓缓看向他，面容苍白而僵硬。

“他说的‘死的是那条狗’是什么意思？那是一句什么话？”

“那是哥尔德斯密斯《挽歌》里的最后一句。”①

① 哥尔德斯密斯（Oliver Goldsmith，约 1730—1774），英国作家。《挽歌》是他创作的一首诗，大意是有一个好心人在城里领养了一条狗，起初人和狗相处融洽，但有一天人畜反目，狗发疯将人咬伤。人们都以为那个好心人会死，并为其哀叹，但最终死的是那条狗。

67

第二天早上，凯蒂去了修道院，开门的女孩儿看到她似乎很吃惊。凯蒂刚工作了几分钟，院长就进来了。她走到凯蒂面前，握住了她的手。

“看见你真高兴，我亲爱的孩子。在经历了这么大的伤痛之后，你这么快就回到这里，展现出了不凡的勇气，还有智慧——因为我相信做一点儿工作可以让你免于哀思。”

凯蒂垂下目光，脸上微微泛红，不想让院长看透她的心。

“不用我说你也知道，我们这里所有人都无比真诚地同情着你。”

“你们真好。”凯蒂轻声说。

“我们都在不停地为你和你所失去的人的灵魂祈祷。”

凯蒂没有回应。院长松开了手，用冷静、权威的语气把各项任务交代给她。她拍了拍两三个孩子的头，对他们露出疏离而又迷人的微笑，然后又去忙她更加紧迫的事务去了。

68

一个星期过去了。凯蒂正在缝纫，院长走进房间，坐在她身旁，细心打量了一眼她的针线活。

“你缝得非常好，亲爱的。对于你们这个年代的年轻女人来说，这是罕见的手艺。”

“多亏了我的母亲。”

“我相信你母亲再见到你会很高兴的。”

凯蒂抬起头，院长的态度让人觉得这话不只是随口的礼貌之辞。她接着说：

“你挚爱的丈夫去世后，我之所以允许你来这里，是因为我认为工作可以分散你的注意力。我觉得你在那个时候不适合一个人长途跋涉回香港，我也不希望你独自坐在家里，除了哀悼无事可做。不过现在已经过去了八天，你该走了。”

“我不想走，院长。我想留在这里。”

“你没有留下的理由了。你是陪你丈夫来的，而你丈夫已经去世了。以你现在的状况，很快就需要人照顾，在这里是不行的。这是你的职责，我亲爱的孩子，为了上帝托付给你照管的生命之福，你要尽一切的力量。”

凯蒂沉默了一会儿，低下了头。

“我自认为在这里还是能派上些用场的，想到这一点我就感到非常欣慰。希望您能允许我继续工作，直到瘟疫结束。”

“我们都很感激你为我们所做的事。”院长微笑着回答，“但是现在疫情正在好转，到这里来没有那么危险了，我正在等两个从广东来的修女。她们很快就要到这里了，等她们一到，我想就用不着你来帮忙了。”

凯蒂的心沉了下去。院长的语气不容多言。凯蒂很了解她，知道她对恳求是无动于衷的。她发现此时需要与凯蒂争论，声音里便带上了一种语调，即使算不上恼怒，至少也是与之接近的专横。

“沃丁顿先生也好心征求了我的意见。”

“我希望他管好自己的事情就行了。”凯蒂插嘴道。

“就算他没有问我，我也同样觉得有义务这样向他建议。”院长轻柔地说，“现在你不该待在这里，应该在你母亲那里才是。沃丁顿先生已经跟余上校安排好，给你提供强有力的护送，你的旅途会非常安全。此外他还安排了轿夫和苦力，阿嬷也跟你一起走，你途径的城市都会有人接待你们。实际上，所有能关照到的地方都关照到了。”

凯蒂绷紧了嘴唇。她心想，在这件只与她相关的事情上，他们至少可以跟她商量一下。她不得不克制一下自己，以免回答得太尖锐。

“那我什么时候动身？”

院长依然保持着平静。

“越快回到香港，就能越早坐船回到英国。我亲爱的孩子，我们认为你最好后天清晨动身。”

“太快了吧。”

凯蒂有点儿想哭。但是的确如此，这里已没有她的容身之地。

“看起来你们都急着想摆脱我。”她黯然说道。

凯蒂察觉到院长的神态松弛了下来。她看到凯蒂已经准备好让步，于是不自觉地换上了更加亲切的口吻。凯蒂的感觉很敏锐，她想到即便是圣徒竟也喜欢自行其是，眼中不禁闪烁出狡黠的光芒。

“不要认为我不懂你善良的心肠，我亲爱的孩子，还有那令人钦佩的慈爱，让你不愿抛下你强加给自己的责任。”

凯蒂直勾勾地注视着前方，微微耸了耸肩，知道不能把这样崇高的美德归于自己。她想留下是因为她没有别的地方可去。这是一种奇异的感觉，全世界没有一个人在乎她是死是活。

“我不理解你怎么那么不愿意回家，”院长和蔼地继续说道，“在这个国家有很多外国人，他们宁愿付出很大代价，只为了得到你这样的机会！”

“但您不是这样的，对吗，院长？”

“啊，我们就不一样了，我亲爱的孩子。来到这里的时候，我们就知道自己已经永别了故乡。”

凯蒂受伤的感情中涌出了一种欲望，或许有些恶毒：这些修女如此超然地自绝于一切天然的感情，她想要寻找这副信仰铠甲的接缝所在——她想要看看院长身上是否还留存着人性的弱点。

“我原以为，再也见不到那些至亲的人，还有那些成长中的风景，有时候是件挺煎熬的事情。”

院长犹豫了一会儿，凯蒂一直观察着她，那张美丽而严肃的面孔神态安详，看不到一丝波澜。

“我的母亲现在老了，对她来说是很煎熬的，因为我是她唯一的女儿，她一定盼望着能在死前再看我一眼。我希望能给她那份快乐，但这是办不到的，我们要等到了天堂再相见了。”

“尽管如此，当一个人想到那些至亲的人时，一定很难不问问自己，与他们断绝往来是不是对的。”

“你是在问我，走出这一步有没有后悔过吗？”院长的脸上突然神采奕奕，“从来没有，从来没有，我用琐碎卑微的生活换来了一种奉献和祈祷的人生。”

短暂的沉默之后，院长露出了轻松的微笑。

“我想请你捎一个小包裹，等你到了马赛帮我寄出去。我不想把它托付给中国的邮局。我这就去拿。”

“您可以明天再给我。”凯蒂说。

“明天你会忙到没时间过来的，亲爱的。你今晚向我们道别会更方便些。”

她站起身，带着那宽松的教服掩盖不了的从容庄重离开了房间。不一会儿，圣约瑟修女走了进来，她是来道别的。她祝愿凯蒂旅途愉快，还告诉她这一路会很安全，因为余上校会派精兵强将护送她。而且修女们一直都是独自走这条路，从来没遇到过危险。凯蒂喜欢大海吗？Mon Dieu，那次在印度洋上遇到风暴，给她难受得要命。凯蒂的妈妈见到女儿一定会很高兴吧。她一定要好好照顾自己，毕竟她现在有了另一个小生命要照顾，她们都会为她祈祷的。她会不停地为她、她可爱的小宝宝，还有勇敢又可怜的医生的灵魂祈祷。修女健谈、和善、温情脉脉，而凯蒂却深深意识到，对于圣约瑟修女（她的目光注视着永恒），她只不过是没有肉身或实体的魂灵。她有一种疯狂的冲动，想要抓住这个胖乎乎的和善修女的肩膀，摇晃她，向她喊："难道你不知道我是个人吗？不幸而且孤独。我想要安慰，想要同情，想要鼓励。啊，你就不能离开上帝一分钟，给我一点儿同情吗？不是你们基督徒对一切苦难的同情，而只是一个人对另一个人的同情？"想到这里，凯蒂的嘴角泛起微笑，圣约瑟修女听了该有多么惊讶啊！她一定会对现在还只是怀疑的一件事深信不疑：所有英国人都是疯子。

"幸好我水性很不错，"凯蒂回答，"我还从来没晕过船呢。"

院长拿着一个小巧的包裹回来了。

"这些手帕是我为母亲的命名日做的，"她说，"首字母是我们的年轻姑娘们绣的。"

圣约瑟修女说凯蒂或许想看看这手艺有多漂亮，院长露出宽容又无奈的微笑，打开了包裹。手帕是用上等的细棉布做的，首字母以繁复的花押字绣成，上面还有一顶草莓叶花冠。凯蒂对手帕的做工品赏一番之后，它们又被重新包起来交给了她。圣约瑟修女道了一句“eh bien, Madame, je vous quitte.[①]”，又向她重复了一遍那套礼貌而寡淡的客套话，然后就走了。凯蒂意识到是向院长道别的时刻了，她感谢了院长对自己的关照，两人一起沿着刷成白色的空旷走廊走着。

“请你一到马赛就把包裹寄出去的话，会不会太麻烦你了？”院长问。

“没问题，我一定办到。”凯蒂说。

她瞥了一眼地址，那名字看起来非常显赫，但吸引她注意力的是上面提到的地方。

“这是我参观过的一座城堡，我当时跟朋友们在法国驾车旅行。”

“很有可能，”院长说，“那里每周有两天允许游客参观。”

“我想，假如我曾经住在一个那么美的地方，我永远不会有勇气离开。”

“那是一座历史遗迹，没有什么亲切感可言。如果说有什么值得惋惜的，也不会是它，而是我小时候跟家人居住的那座小城堡。它在比利牛斯山上，我就是在大海的涛声中出生的。我不否认，有时候我很想再听听海浪拍击礁石的声音。”

凯蒂觉得，院长洞察了她的想法，还有她说这些话的原因，

① 法语：好了，夫人，我就此告退了。

正在暗暗取笑她。然而，两人走到了修道院那扇朴实无华的小门时，令凯蒂惊愕的是，院长把她抱在怀里，亲吻了她。她苍白的嘴唇印在她的脸颊上，先是一边，然后是另一边，如此出人意料，令凯蒂涨红了脸，想要哭出来。

“再见了，上帝保佑你，我亲爱的孩子。”她抱住了凯蒂一会儿，“记住，履行职责，做别人要求你的事，这算不了什么，并不比手脏的时候洗手更值得称赞。唯一重要的是对责任的爱，当爱与责任合而为一的时候，恩典便降临于你，你将享有一种超然于一切的幸福。”

修道院的门最后一次在她身后关上了。

69

沃丁顿和凯蒂一起走上山，绕路去沃尔特的墓看了看。他在牌坊下向她道了别。最后一次望着这座牌坊，她感觉自己身上已经有了旗鼓相当的反讽，可以回应它那谜一般的嘲弄。她坐进了轿子。

一天又一天过去了，路边的风景成为了她思考的背景。她看到的东西都是双重的，仿佛是透过立体镜看到的圆鼓鼓的样子，附加了一重特殊的意义，因为她看到的每一件事物都附带了短短几周之前同一条道路相反方向的记忆。苦力们挑着行李，三三两两，拖拖拉拉地走着，一会儿有一个落到百米之后，一会儿又有两三个掉队。护送队的士兵拖着笨重的脚步，每天走二十五英里。阿嬷由两个轿夫抬着，而凯蒂则有四个轿夫，不是因为她更重，而是为了体面。他们不时遇到一队挑着重担的苦力摇摇晃晃地走过，偶尔又有一个坐着轿子的中国官员用好奇的目光打量这个白人妇女。他们时而遇到穿着褪色青布衫、戴着大草帽去赶集的农民，时而遇到用裹过的小脚蹒跚而行的老妇或少女。他们走过一座座起伏的小山丘，山上排布着整齐的稻田，还有悠然依偎在竹林里的农舍。他们路过破败的村庄，经过人口稠密的城市，四周城墙耸立，宛如弥撒书里一般。初秋阳光宜人，每当黎明，熹微的晨光给整洁的麦田施以童话般的魅力，这时天气寒冷，而后的温暖则令人感激。凯蒂的心中充盈着至福，她没有抗拒这种感觉。

这些鲜活的画面，色彩典雅，别具一格，充满陌生感，像是一块挂毯，在它面前，凯蒂朦胧的思绪如神秘的幻影般摇曳，显得极不真实。雉堞林立的湄潭府，就像是旧时戏剧舞台上代表一座城市的画布。修女、沃丁顿和那个爱着他的满族女人，是假面舞会中的奇妙角色。其余的人，那些在蜿蜒的街道蹑足而行的人，那些死去的人，都是无名的龙套演员。当然，他们全都有着某种意义，但那意义是什么呢？就好像他们表演了一场古老而精美的祭祀舞蹈，你知道那些繁复的舞步有其意义，了解这意义对你来说至关重要，但是你完全看不出头绪，完全看不出。

凯蒂觉得难以置信（一位老妇正从田埂走过，身上的青布衣在阳光照耀下仿佛青金石一般。她的脸上布满细小的皱纹，像是一副古老的象牙面具。她用那双小脚走着，弓着身子，拄着一根长长的黑色拐杖），她和沃尔特都参与了这场奇异的、不真实的舞蹈，还都扮演了重要的角色。她一不小心就可能丧命，而他已然丧命。这是个玩笑吗？或许这只不过是一场梦，她会突然醒来，如释重负地感叹一声。这场梦似乎发生在很久以前，在一个遥远的地方。奇怪的是，在现实生活的晴朗背景下，剧中的人显得如此幽暗。而现在，凯蒂觉得像在读一个故事，似乎与她没有什么关系，这让她有些惊讶。她发觉自己已经无法清晰地回忆起沃丁顿的面貌了，而她曾经对之如此熟悉。

当晚他们将抵达西江岸边的城市，转乘汽船。从那里到香港不过一夜的航程。

70

起初，她因为沃尔特死时自己没有哭而羞愧，这显得冷血得可怕。唉，就连那位中国军官余上校的眼中都噙满泪水。丈夫的死令她恍惚。很难想象他再也不会走进那栋平房，早上起床她再也听不到他在那个苏州浴盆里洗澡了。他曾经活着，而现在他死了。修女们惊叹于她基督徒式的随遇而安，钦佩她承受丧夫之痛的勇气。然而沃丁顿是精明的，虽然他表现出深切的同情，但是她有一种感觉——怎么说呢？——他是个皮里阳秋的人。当然，沃尔特的死对她是一个打击，她不想让他死，可她毕竟不爱他——她从未爱过他。强忍悲伤是一件体面的事，让别人看透她的内心就太不光彩了。但是她已经经历了太多，不能再自欺欺人了。在她看来，至少过去的几周教会了她，如果有时候对别人撒谎是必要的，那么对自己撒谎则总是卑鄙的。沃尔特以这样悲惨的方式死去，她很难过，但她的难过纯粹是出于人之常情的悲伤，就算只是个熟人她可能也会有此感受。

她承认沃尔特身上有着令人钦佩的品质，只是她偏巧不喜欢他，他总是让她厌烦。她不承认他的死对她来说是种解脱，她可以诚实地说，如果她的一句话能够使他死而复生，她会说出来。但她无法抗拒这种感觉，他的死让她的生活多多少少轻松了一些。他们在一起永远不会快乐，而分开却又极其困难。她为自己有这样的感觉而吃惊，如果别人知道了，一定会认为她冷酷无情。好在他们是不会知道的。她想知道，身边的人心里是不是都藏着可耻的秘密，他们劳心费神，防范着那些好奇的目光。

她很少设想未来，也不做任何计划。她唯一知道的是，她想在香港待得越短越好。可以想象，她到达那里时一定是怀着恐惧的。她觉得自己愿意坐在这藤条轿子上，永远游荡于那片明媚而亲切的乡野之间，永远做一个置身于千变万化的生活之外的旁观者，每晚都在一方不同的屋檐下度过。不过，眼前的事情当然是必须面对的：她一到香港就住进旅馆，筹划把房子处置掉，把家具都卖了。没有见汤森的必要，他也会知趣地避开她。尽管如此，她还是想再见他一面，只为了告诉他，在她眼中他是一个多么卑鄙的小人。

可是查理·汤森有那么重要吗？

像竖琴上一段丰富的旋律，在交响乐复杂的和声中发出欢快的琶音，一个念头在她心中持久地跃动着。正是这个念头赋予了稻田异域之美；正是这个念头，当一个神情喜悦、目光轻狂的白净小伙儿坐着马车去集市，从她身边摇摇晃晃地经过之时，令她苍白的嘴唇绽开了一抹微笑；也正是这个念头，使得她所途径的城市有了一种翻腾不息的生之魔力。瘟疫之城是一座牢笼，她已从中逃离。而在此之前，她从来不知道天空的蔚蓝是多么美妙，从来不知道置身于优雅地环抱着田埂的矮竹林，是多么令人愉悦。自由！那便是在她心中高歌的念头。尽管未来如此暗淡，这念头却依然像河面上映着晨曦的薄雾般色彩斑斓。自由！她挣脱的不只是恼人的枷锁和压抑的伴侣关系。自由！逃离的不仅是威胁着她的死亡，还有使她屈辱的爱情。那是斩断一切精神束缚的自由，那是脱离肉体的灵魂的自由。与自由相伴的，还有勇气，以及万事不萦于心的豁达。

71

船在香港靠岸了，凯蒂一直站在甲板上，望着河面上五彩缤纷的船只欢快地往来穿梭，此时她走进客舱，看看阿嬷有没有落下什么东西。她照了照镜子，身上一袭黑裙，是修女们为她染的，但不能算作丧服。她头脑中闪过一个念头，下船后第一件要紧事就是置办丧服，它们可以有效掩饰那些令旁人意想不到的感情。客舱响起了敲门声，阿嬷打开门。

“费恩太太。”

凯蒂转过身，一时间没认出那张脸。接着，她的心跳猛然加快，脸涨得通红。那是多萝西·汤森。凯蒂完全没想到会见到她，不知该做什么，也不知该说什么。汤森太太走进了客舱，情绪激动地抱住了她。

“啊，亲爱的，亲爱的，我真为你难过。”

凯蒂任由她亲吻着自己。这样一个她一向认为冷淡疏远的女人，一下子表现得如此热情，令她有些惊愕。

“你真是太好了。”凯蒂喃喃说道。

“到甲板上来吧。阿嬷会照管你的东西，我的仆人们也在这儿。”

她拉住凯蒂的手，凯蒂由她领着，注意到她饱经风霜的和善的脸上流露出真心关切的神情。

“你的船提前到了，我差点儿没来得及下来，”汤森太太说，“要是错过了接你，我可饶不了自己。”

“你不会是专门来接我的吧？”凯蒂惊呼。

“当然是。”

“可你是怎么知道我会来的？”

“沃丁顿先生给我发了封电报。”

凯蒂转过头，有些哽咽。很奇怪，一点儿意料之外的善意竟如此感动她。她不想哭，希望多萝西·汤森走开。但是多萝西抓住凯蒂身侧的手，用力握了握。这个腼腆的女人竟这样表露情感，让凯蒂有些窘迫。

“我想请你赏光。你在香港的这段时间，查理和我想请你来跟我们同住。”

凯蒂抽出了她的手。

“你们太客气了，可我不便叨扰。”

“你一定要来。你不能一个人住在你的房子里，那对你来说太痛苦了。我已经都安排好了，你会有自己的起居室，如果你不愿意跟我们一起吃饭的话，可以自己在那儿吃。我们俩都希望你来。”

“我没想过回那栋房子，而是打算在香港酒店订个房间。我绝不能给你们添这么多麻烦。”

这个提议令凯蒂大吃一惊。她既困惑又恼火，如果查理还有一点儿廉耻的话，就绝不会让他太太发出这个邀请。她不想欠这两个人半点儿人情。

“哦，可是我不能忍受看你住旅馆。而且你马上就会讨厌香港酒店的，周围有那么多人，乐队没完没了地奏着爵士乐。请务必答应来我们这里，我向你保证，我和查理都不会打扰你。”

“我不知道你们为什么要对我这么好。”凯蒂有点儿找不到借口了，她没办法让自己直截了当地说“不”。“恐怕我现在不太适合和陌生人相处。”

“可是我们不是陌生人呀，我不想这样，我很想你允许我做你的朋友。”多萝西紧握双手，她的声音，她那冷静、慎重、高贵的声音，此刻因流泪而颤抖着，“我真的非常希望你能来，你知道，我想向你赔罪。”

凯蒂不明白，不知道查理太太亏欠了她什么。

“恐怕我一开始并不是很喜欢你，觉得你有点儿放荡。你知道，我是个老派的人，而且我觉得自己有点儿狭隘。”

凯蒂匆匆瞥了她一眼。她的意思是，最初她觉得凯蒂粗俗。虽然凯蒂不让自己的脸上有半点儿流露，但心里面笑了起来。她现在还会在意别人怎么看她吗?

“当我听说你跟你先生一起勇闯鬼门关，一刻也没有犹豫的时候，我感觉自己真是个卑鄙小人。我非常羞愧，你那么了不起，那么勇敢，让我们余下的所有人都像是一文不值的二流货色。”这时候，泪水从她和蔼可亲的脸上淌下，“我无法表达我有多么钦佩你，多么敬重你。我知道我做什么也无法弥补你沉痛的损失，但我想让你知道我真心地、深切地理解着你。如果你能允许我为你做些微不足道的小事，那将会是我的荣幸。不要怨我先前误解了你。你是个英雄，我只是一个蠢女人。”

凯蒂低头看着甲板，面色煞白。她希望多萝西不要表现出这样难以自抑的情感。她被感动了，这是真的，但也不禁感到有些不耐烦，没想到这个头脑简单的女人竟会相信这些谎言。

“如果你真的那么希望我来，我当然乐意叨扰。”她叹了口气。

72

汤森一家住在山上一栋有着开阔海景的房子里。查理通常不回家吃午饭，但凯蒂到来的这一天，多萝西（凯蒂和多萝西此时已经彼此直呼其名）告诉她，如果她有心情见他，他愿意回来欢迎她。凯蒂思忖，既然一定会见到他，那么还不如马上就相见，她怀着一种阴恻恻的愉悦，期待着自己必将令他难堪。她看得很清楚，邀请她来这里住是他太太心血来潮，他顾不上自己的感受，立刻便同意了。

凯蒂知道，他做人做事一贯追求妥帖得体，盛情款待她显然就是最妥帖得体的事。但是回想起两人最后一次见面时的情景，他很难不怀着羞愧吧。对于汤森这样一个自负的男人来说，那一定像难愈的溃疡般令人恼火。他当初那样伤她，她希望自己也能以牙还牙。他现在心里一定恨着她吧。她很庆幸，自己已经不恨他了，只是鄙夷他。一想到不管他作何感受，都不得不殷勤地对待她，她就感到讽刺和满足。那天下午她离开他的办公室时，他一定打心眼儿里希望再也不要看见她吧。

而现在，她跟多萝西坐在一起，等着他进来。坐在这素净高雅的客厅里，她内心感到惬意。她坐在一把扶手椅上，四处摆放着可爱的鲜花，墙上挂着赏心悦目的画。房间阴凉，布置温馨，如家一般令人自在。她想起传教士的平房那间空荡荡的起居室，微微打了个寒战：几把藤椅，铺着棉布的餐桌，脏兮兮的书架上摆放着低价版本的小说，潦草的红窗帘蒙着灰尘。啊，在那里住着太难受了！她觉得多萝西这辈子都想象不出那幅画面。

他们听到汽车开上来的声音，随后查理大步走进房间。

"我是不是来迟了？希望没让你们久等。我得去见总督，实在没法抽身。"

他走到凯蒂面前，握住了她的双手。

"你来这里我真的非常非常高兴。我知道多萝西已经对你说了，我们希望你想住多久就住多久，把这里当成自己的家。但我还想再亲口告诉你一遍。如果有任何我能为你效劳的事情，我会非常高兴。"他的眼中流露出迷人的真挚之情，凯蒂想知道他是否看出了自己眼中的嘲讽。"我这个人笨嘴拙舌，有些话不知道该怎么说，我不想像个口无遮拦的蠢人，但我还是想让你知道我对你的丧夫之痛有着多么深切的同情。他是个大好人，我们对他的怀念难以言表。"

"行了，查理，"他太太说，"我相信凯蒂都明白……这里有鸡尾酒。"

按照外国人在中国的奢侈习惯，两个身穿制服的仆人走进房间，奉上开胃小吃和鸡尾酒。凯蒂拒绝了。

“啊，你一定要来一杯，”汤森用他那轻松而热情的方式坚持道，“喝了会让你舒服些，而且我敢肯定，自从你离开香港以后，肯定都没再喝过鸡尾酒这种东西了吧。除非我都想错了，你们在湄潭府搞不到冰吧，”

“你没弄错。”凯蒂说。

刹那间，她的眼前浮现出一幅画面：那个蓬头垢面的乞丐，身上青色的衣服破破烂烂，透过衣服的破洞可以看到枯槁的四肢，他就那样躺在院墙边死去。

73

他们进餐厅吃午饭。查理坐在桌子的上首，轻松地主导着对话。对凯蒂说完那几句慰唁之词后，就没再把她当作刚刚经历过悲痛的人，而更像是她做完了一场阑尾炎手术，从上海来这里散散心。她需要振奋，他也准备为她振奋精神。

让她感到宾至如归，最好的办法就是把她当作家庭的一员来对待。他是个圆融之人。他开始聊起秋季赛马大会，还有马球——老天爷，要是他不能把体重减下来，他可就不得不放弃打马球了——以及他上午跟总督的闲谈。他说到他们在海军上将的旗舰上参加的一次聚会，说到广东的时局，还有庐山的高尔夫球场。几分钟之后，凯蒂便感觉自己仿佛只不过是离开了一个周末。令人难以置信的是，在内陆地区，仅仅相距六百英里的地方(从伦敦到爱丁堡的距离，不是吗?)，男女老幼一直在像苍蝇般死去。很快她就忍不住打听起打马球时摔断了锁骨的某某，问起某太太是不是回了国，某太太是不是参加了网球比赛。查理开着他的小玩笑，她听得眉开眼笑。多萝西带着她淡淡的优越感（此时把凯蒂纳入同一阵营，所以听来不再有半点儿不快，反而成了亲近彼此的纽带），委婉地讥讽着这里的各色人士。凯蒂感觉她的活力开始复苏。

“哎呀，她看起来好多了。”查理对太太说，“午餐之前她的样子特别苍白，吓了我一跳，现在她脸上有点儿血色了。”

与他们聊天时，凯蒂虽然算不上多么欢快（因为她觉得不管是多萝西还是注重礼节的查理，都不会赞赏这样的神情），至少也不低落。与此同时，她也在观察着东道主。在那满脑子都想着怎么报复他的几周里，她心中留下了对他的鲜明印象：他那浓密的卷发有点太长，梳理得太过细致，为了掩盖日渐花白的头发，他涂了太多发油。他的脸太红了，双颊布满了淡紫色的血管网。而且他的下巴太厚了，只要他不抬起头来掩饰，你就能看到他的双下巴。他浓密的灰白睫毛给人某种猿猴般的感觉，隐隐令她感到恶心。他动作笨重，尽管注意节食和锻炼，也没能阻止他发胖。他的骨骼被赘肉包裹得太严实，关节有了中年人的僵硬感。他的时髦衣服对他来说有点儿紧，而且有点儿太年轻了。

可是午饭前他走进客厅的时候，凯蒂大吃一惊（所以她的脸色显得如此苍白），因为她发现自己的想象跟她开了个奇怪的玩笑——他看起来一点儿都不像她印象中的样子。她忍不住嘲笑着自己：他的头发一点儿都不花白，哦，鬓角有几根白头发，但白得恰到好处。他的脸不红，只是晒得有些黑。他的头清清爽爽地连在脖子上。他不胖也不老，实际上甚至算得上苗条，那身材令人艳羡——如果他因此而有些自负，你能责备他吗？——他简直像是个青年。而且他当然知道怎样穿衣打扮，否认这一点是荒谬的：他看起来干净、整洁、精神。她究竟着了什么魔，竟把他想成了那副样子？他是个非常英俊的男人，幸好她知道他有多么卑劣。当然，她一向都承认他的声音有一种动人的特质，和她记忆中的一模一样——这使得他所说的每一句假话都更加令人恼火。那浑厚而温暖的声音在她听来显得十分虚伪，她纳闷自己怎么竟会被它迷惑。他的眼睛很漂亮，那是他的魅力所在，它们有着如此柔和的湛蓝光彩，哪怕在他东拉西扯的时候，那神情都那么令人愉快，人们几乎不可能不被那双眼睛打动。

最后，咖啡端了进来，查理点了一支方头雪茄。他看了看表，然后从桌旁站起身。

“好了，我就不打扰两位年轻女士了。我是时候回办公室了。”他停顿了一下，然后用他友善迷人的眼睛看着凯蒂，对她说道，“在你休息好之前，这两天我不会打扰你，但是之后有一些事务我想跟你谈谈。”

“跟我谈？”

“你知道，我们得处置好你的房子，还有家具。”

“哦，但是我可以找律师，没理由为了这个麻烦你。”

“别以为我会看着你把钱浪费在法律开销上，我会料理一切的。你知道，你有权领取一笔抚恤金，我会跟总督大人商谈这件事，看看能不能在适当的地方多争取一下，增加一点儿数目。把一切都交给我吧，眼下就什么也不要操心了。我们现在只希望你健健康康的，对吗，多萝西？”

"当然了。"

他朝凯蒂轻轻点了一下头，然后从他太太的椅子旁边走过，拉起她的手吻了一下。大多数英国人亲吻女士的手时，看起来都有点儿笨拙，但他做得优雅从容。

74

直到凯蒂在汤森家真正安顿下来，她才发现自己疲惫不堪。这种令她不习惯的舒适宜人生活，剪断了她一直紧绷的弦。她已经忘记了休闲放松是多么惬意，被美丽的事物环绕是多么舒心，受人关注是多么愉快。她长舒了一口气，沉浸在一种肤浅的东方奢华生活里。她成了别人同情的对象，受到周到而有涵养的关照，这并不会令人不快。她的丧夫之痛还是最近的事，因为不可能为她举办宴会，但是政要的夫人们（总督夫人、几位海军上将夫人和大法官夫人）都曾过来跟她安静地喝一杯茶。总督夫人说，总督非常想见她，如果她能低调地来总督府共进午餐（“当然不是宴会，只有我们和几个副官！”），那就太好了。这些夫人们把凯蒂当作一件珍贵易碎的瓷器来对待。她不会看不出，她们把自己看成了一个女英雄，而她也有心配合，端庄谨慎地扮演着这样一个角色。她有时真希望沃丁顿也在场，他那恶毒精明的眼睛一定能看出这些场面的可笑之处，然后在没人的时候，他们就可以一起开怀大笑。多萝西收到了他的一封信，信中把她在修道院怎样无私忘我地工作，怎样充满了勇气和克制，全都绘声绘色地讲述出来。他当然是在巧妙隐晦地开着她的玩笑，这个不老实的坏东西!

75

凯蒂不知道是巧合还是故意，她从未与查理独处过片刻。他非常老于世故，一直保持着友善、同情、和蔼可亲的态度。谁也不会猜到，他们之间曾经有过超越熟人的关系。然而一天下午，她正躺在自己房间外的沙发上看书，他从走廊走过，停住了脚步。

“你在看什么？”他问。

“一本书。”

她嘲讽地看着他。他面露微笑。

“多萝西去总督府参加花园派对了。”

“我知道。你为什么没去？”

“我不喜欢那种场面，就想着提前回来陪陪你。车就在外面，你想不想坐车在岛上兜兜风？”

“不想，谢谢。”

他坐在了她躺的沙发一角。

“自从你来了，我们还没有机会单独聊聊呢。”

她冷漠而傲慢地直视着他的眼睛。

“你觉得我们还有什么可说的？”

“还有说不完的话。”

她把脚挪开了一点儿，以免碰到他。

“你还生我的气？”他问道，嘴角挂着一丝微笑，眼中含着柔情。

“一点儿也没有。”她大笑起来。

“如果没有，我觉得你不会这样笑。”

“你误会了，我只是非常瞧不起你，根本不屑于生你的气。”

他泰然自若。

“我觉得你对我太苛刻了。冷静回想一下，你真的不觉得我是对的吗？”

“那是从你的立场。”

“现在你认识多萝西了，该承认她是个相当不错的人吧？”

“当然，我会永远感激她对我的好。”

“她是千里挑一的。如果我们分道扬镳，我是不会有片刻安宁的。要是玩弄她的感情的话就太卑鄙了。而且毕竟我还得考虑我的孩子们，那样会非常不利于他们成长。”

她若有所思地凝视了他半晌，感觉自己完全能够掌控局面。

“住在这儿的这一周里，我一直仔细观察着你。我得出的结论是，你真的很喜欢多萝西，我从来没想到你能这样待她。”

“我告诉过你我很喜欢她，我不会做任何让她稍感不安的事情。她是一个男人能拥有的最好的妻子。”

“你从来没想过你欠她一份忠诚吗？”

“眼不见心不烦。”他笑着说。

她耸了耸肩。

“你真卑鄙。”

“我也是人。我不明白为什么，只是因为我神魂颠倒地爱上了你，你就要认为我是个卑鄙小人。我也不想的，你知道。”

听他这样说，她的心弦微微拨动了一下。

“是我自作自受。”她愤愤地说。

“我自然不会预料到我们会陷入那样的困境。”

“不管怎么说，你心里都盘算得很清楚，就算有人遭殃，也不会是你。”

“我觉得这么说有点儿过分。毕竟现在一切都结束了，你必须明白我那么做是为了我们两个好。你失去了理智，但你该庆幸我没有。你真觉得我按你想要的去做就万事大吉了？我们都是热锅上的蚂蚁，但是掉进火里只会更惨。再说你也没有受到任何伤害。我们为什么不能亲吻一下，言归于好呢？”

她差点笑出声来。

“你是怎么毫无内疚地把我送上死路的，这些你总不能指望我都忘了吧？”

“啊，真是胡说！我告诉过你，只要采取合理的预防措施，就不会有危险。如果我不是完全确信这一点，你认为我会有半点儿可能让你走吗？”

“你确信，是因为你想要相信。你是那种怎么想对自己有利就怎么想的懦夫。”

“如人饮水，冷暖自知。你已经回来了，你要是不介意我说些让你反感的话，你回来之后变得比以前更漂亮了。”

“那沃尔特呢？”

他头脑中不禁冒出一个轻浮的回答，微笑起来。

“没有什么比黑色[1]更适合你。”

她注视了他一会儿，泪水充满眼眶。她哭了起来，美丽的脸庞因悲伤而扭曲。她没有试图掩藏，而是平躺着，把手摊在两侧。

“拜托，别哭成这个样子。我不是有意说无情的话，只是开个玩笑。你知道我多么真诚地同情你的丧夫之痛。”

“啊，闭上你的臭嘴。”

“我愿意倾尽所有，换取沃尔特回来。”

“他是因为你我而死的。”

他握住她的手，但她抽了出来。

“请走开吧，”她啜泣着，“这是你现在能为我做的唯一一件事。我恨你，鄙视你。沃尔特比你强十倍，是我太蠢看不出来。走开，走开。”

她看到他又要开口，于是一跃而起，走回自己的房间。他跟随着她，走进房间的时候，出于本能的谨慎，拉上了百叶窗，两人几乎身处黑暗之中。

---

① “黑色”指丧服。

“我不能留下你一个人伤心，”他说着，伸出双臂搂住了她，“你知道，我不是故意伤害你的。”

“别碰我，拜托你了，走开，快走开。”

她想要挣脱他，但他不放手，于是她歇斯底里地哭了起来。

“亲爱的，你不知道我一直爱着你吗？”他用深沉迷人的嗓音说，“我比任何时候都更爱你。”

“你怎么说得出这样的谎话！放开我。该死的，放开我。”

“不要对我这么凶，凯蒂。我知道我对你太残忍了，但是请你原谅我。”

她颤抖着，抽泣着，竭力想要挣脱他，但他双臂的力量给人奇异的慰藉。她曾多么渴望再感受一次它们的环绕，一次就好。她全身都在发抖，感到无比虚弱，骨头仿佛都在融化，她对沃尔特的悲伤变成了对自己的怜悯。

“唉，你怎么能对我这么残忍？”她抽噎着，“你不知道我曾全心全意地爱着你吗？从来没有人像我那样爱着你。”

“亲爱的。”

他开始吻她。

“不，不。”她哭喊。

他探寻着她的脸，但她扭过头去，他又寻觅着她的唇。她不知道他在说些什么，那些断断续续的、热烈的情话。他的双臂紧紧搂着她，她感觉自己像是一个迷路的孩子，现在终于安全地回到了家。她发出微弱的呻吟，闭上了眼睛，脸上满是泪水。这时候，他找到了她的嘴唇，他双唇的触碰如上帝之火，击穿了她的身体。那是一种狂喜，她被烧成了灰烬，她容光焕发，仿佛浴火重生。在梦中，她曾在梦中体会过这种狂喜。他正在对她做什么？她不知道。她已不是个女人，她的人格消散了，只剩下欲望。他把她抱了起来，她在他怀里无比轻盈，他搂着她，她依偎着他，充满渴望与爱慕。她的头落在枕头上，他的唇贴着她的唇。

76

她坐在床边，双手捂着脸。

“你喝点儿水吗？”

她摇了摇头。他走到盥洗台边，用漱口杯接满水，拿给了她。

“来，喝点儿水会感觉好些。”

他把杯子放到她唇边，她抿了一口，然后用惊恐的目光盯着他。他站在她身前，俯视着她，眼睛里闪烁着自得之色。

“现在你还觉得我是你想的那种卑鄙小人吗？”他问。

她垂下了目光。

“是。不过我知道我一点儿也不比你强。啊，我太羞耻了。”

“我觉得你不太懂得感恩。”

“你现在可以走了吗？”

“说实话，我觉得差不多是该走了。我得在多萝西回来之前收拾一下自己。”

他迈着轻快的步子走出了房间。

凯蒂坐了一会儿，依然坐在床沿，像个傻瓜一样弓着身子，头脑中一片空白，浑身打了个冷战。她摇摇晃晃地站了起来，走向梳妆台，一屁股坐在椅子上。她凝视着镜中的自己，她的眼睛哭肿了，脸上脏兮兮的，面颊一侧有一块他留下的红印。她恐惧地看着自己：还是原来那张脸。她本以为会从中看到某些难以名状的堕落。

“畜生，”她朝镜中的自己怒骂，“畜生。”

接着，她把脸埋在臂弯里痛哭起来。羞耻，羞耻！她不知道自己是中了什么邪。太可恶了。她恨他，也恨自己。那是一种狂喜。啊，太可恨了！她再也不能正视他了。他说得很有道理，他没娶她是对的，因为她一文不值，比娼妓好不到哪去。啊，还不如她们，因为那些可怜女人是为了面包献出自己。同样是在这栋房子里，多萝西把陷在悲伤与冷酷的孤寂之中的她带了进来！她的肩膀因抽泣而颤抖。现在一切都完了。她本以为自己已经变了，她以为自己坚强了，以为回到香港时已是一个能够掌控自己的女人。新的思想在她心头飞舞，就像阳光下的黄色小蝴蝶，她曾希望未来变得更好。自由像光明的精灵，在前方向她招手；世界像一片广阔的平原，她可以昂着头，步履轻盈地走过。她本以为自己已经摆脱了肉欲和卑劣的激情，可以自由地过着纯洁健康的精神生活。她曾把自己比作一群白鹭，悠然飞过黄昏的稻田，它们像是祥和安宁的心灵中幻化出的高飞的思想。然而，她是个奴隶。软弱，软弱！无可救药，努力皆为徒劳，她是个荡妇。

她不想去吃晚饭。她派仆人去告诉多萝西，说她头疼，想待在自己的房间。多萝西走进来，看到她又红又肿的眼睛，用温柔、同情的方式跟她聊了一会儿家常。凯蒂知道，多萝西以为她是为沃尔特而哭，于是像一个忠诚的好妻子一样同情着她，尊重着这种自然的悲伤。

“我知道这很不好过，亲爱的，”离开时她对凯蒂说，“但你必须鼓起勇气。我相信你挚爱的丈夫也不希望你为他伤心。”

77

第二天早上，凯蒂起得很早，给多萝西留了一张字条说她出去有事要办，然后乘电车下了山。她穿过拥挤的街道，去往半岛东方轮船公司的办事处，一路上汽车、黄包车和轿子络绎不绝，形形色色的欧洲人和中国人熙来攘往。下一艘出港的轮船于两天后启航，她下定决心，不惜一切代价也登要上这艘船。当职员告诉她所有铺位都已订满时，她提出要见总经理。她报上了姓名，那经理她以前见过，这时走出来，把她接到了自己的办公室。他知道她的情况，当她说了自己的愿望时，他叫人送来了旅客名单，然后为难地看着它。

“我恳求你为我做些力所能及的事。”她热切地对他说。

“我想整个香港没有人不愿意为你效劳，费恩太太。”他回答。

他叫来一个职员，问了几句话，然后点了点头。

“我会调换一两个人。我知道你想回家，我认为我们应该竭尽所能帮助你。我可以给你一个单独的小客舱，我想你会喜欢的。”

她感谢了他，然后兴高采烈地离开了。逃走，这是她唯一的想法。逃走！她给父亲发了一封电报，通知他自己马上就要回来。她已经用电报告诉过他沃尔特的死讯。随后，她又回到汤森家，告诉了多萝西她的决定。

“你走了我们会非常难过的，”这个善良的女人说，“不过我当然理解你想跟父母在一起的心情。”

自从回到香港，凯蒂每天都犹豫着要不要回到她的房子。她害怕再次踏进那里，害怕和栖居其中的往事面对面地重逢。但是现在她已别无选择。汤森已经安排好把家具卖掉，也找到了一个急于承租的人，但是她和沃尔特的衣服全都在那里，因为他们去湄潭府几乎什么也没有带，此外还有书籍、照片和各种各样零碎的东西。凯蒂对一切漠不关心，急于与过去一刀两断，但她意识到如果任由这些东西流落到拍卖行，将会触痛政府的敏感点。东西必须全部打包寄给她，所以午饭后她便准备回那栋房子。多萝西很想帮她，提出陪她一起，但凯蒂恳请让她一个人去，但同意让多萝西的两个仆人过来帮忙装箱。

房子留给了领班男仆照管，他为凯蒂打开了门。像陌生人一样走进自己的房子，那感觉十分古怪。房子里干净整洁，一切都准备妥当，供她使用。虽然天气温暖、阳光明媚，但寂静的房间里还是弥漫着阴冷凄凉的气氛。家具摆放地板板正正，完全在它们该在的位置，本该插着鲜花的花瓶都还摆在原位，那本凯蒂不记得何时倒扣下的书依然扣在那里。仿佛这栋房子才仅仅空置了一分钟，而这一分钟却充塞着永恒，令你无法想象这栋房子可以再度回荡起欢声笑语。钢琴上，一首狐步舞曲谱似乎等待着被人弹奏，但你感觉即使敲击琴键也不会发出声响。沃尔特的房间如他住在这里时一样整洁，抽屉柜上有两张凯蒂的大照片，一张穿着礼服，另一张穿着婚纱。

仆人们把大箱子从储藏室里搬了出来，她站在一旁，看着他们装箱。他们装得干净利落。凯蒂心想，在这两天里，她可以轻松地把一切办妥。她一定不能让自己胡思乱想，她没有那个时间。突然，她听到身后传来了脚步声，转过身，她看到了查尔斯·汤森，心头顿时涌起一阵寒意。

"你来干什么？"她说。

"能不能去你的起居室？我有话要对你说。"

"我很忙。"

"我只占用你五分钟。"

她没再说什么，只是吩咐仆人们继续手头的工作，然后领着查尔斯走进了隔壁的房间。她没有坐下，以此表示希望他不要耽误她的时间。她知道自己脸色非常苍白，心跳得很快，但还是冷冷地面对着他，目光充满敌意。

"你想做什么？"

"我刚才听多萝西说，你后天就要走了。她告诉我你要来这里收拾行李，让我打电话问问有没有什么能为你做的事。"

"非常感谢你，但我自己完全应付得来。"

"我也这样想。我来这儿不是为了问你这个，而是想问你，你突然要走是不是因为昨天的事？"

“你和多萝西一直都对我很好，我不希望你认为我在占你们好心人的便宜。”

“这不是一个很坦诚的回答。”

“这跟你有什么关系？”

“关系很大。我不希望是因为我做了什么事把你赶走的。”

她站在桌旁，低下头，目光落在那份《简报》上。它已经在那儿放了几个月了。在那个可怕的傍晚，沃尔特目不转睛盯着的正是这份报纸——而现在，沃尔特已经……她抬起了目光。

“我感觉自己非常卑贱，你都不会像我看不起自己那样看不起我。”

“可我没有看不起你。我昨天说的每一句话都是认真的。像这样逃走有什么好处？我不明白我们为什么不能做好朋友。我不想让你觉得我待你不好。”

“你为什么就不能放过我呢？”

“什么话！我不是一根木棍，也不是一块石头。你看待事情的方式太不讲道理了，太病态了。我还以为经过昨天你会对我更友善一点儿。我们终究都只是普通人。”

“我不觉得自己是人，我觉得自己是个动物，一头猪、一只兔子，或是一条狗。唉，我不怪你，我也不是好东西。我向你屈服，是因为我想要你。但那不是我，那不是真正的我。我不是一个那么可憎的、令人厌恶的、淫荡的女人。我不是这样的。那个躺在床上为你喘息，而丈夫还尸骨未寒的女人不是我，再加上你太太一直对我那么好，好得难以形容。那只是我身体里的动物，像邪灵一样阴暗恐怖，我不认它，我恨它，鄙视它。从那以后，每当我想到它，我就泛起一阵恶心，就想吐。”

他微微皱起眉头，发出一声短促不安的干笑。

“我算是个心胸满开阔的人，可有时候你说的话真的让我大吃一惊。”

“那么我很抱歉。你最好现在就走。你是个无足轻重的小角色，跟你认真说话让我感觉很愚蠢。”

他没有答话，沉默了一会儿，她从他蓝眼睛的阴影里看出，他在生她的气。他大概会像往常一样，圆滑老练、彬彬有礼地与她道别，然后如释重负地长舒一口气。那时他们会握着手，他祝她旅途愉快，她感谢他盛情款待，想到那种礼貌劲儿就让她觉得好笑。但是，她看到他的表情变了。

“多萝西告诉我你有了身孕。”他说。

她感觉自己的脸色变了，但不许自己泄露半分内心的波澜。

“是的。”

“我有可能是父亲吗？”

“不，不，是沃尔特的孩子。”

她说话时难免加重了语气，可话说到一半，她就知道这种语气是无法使人信服的。

“你确定吗？”他坏笑着说，“毕竟你跟沃尔特结婚几年了，却什么结果也没有。算日子的话似乎对得上，我觉得相比沃尔特，更可能是我的。”

“我宁愿自杀也不愿生下你的孩子。”

“啊，好了，别胡说。我会非常地高兴和自豪。我希望是个女孩儿，你知道的。我跟多萝西只有几个男孩儿。你不会疑惑太久的，你知道，我的三个孩子跟我都像是一个模子刻出来的。”

他又恢复了好心情，她知道是为什么。如果孩子是他的，那么尽管她可能再也不会见到他，但她将永远也无法彻底摆脱他。他对她的掌控将会蔓生滋长，他将一直朦胧而真切地，影响她人生中的每一天。

“你真是一个最自负、最愚昧的蠢货，我倒了多大的霉才会遇上你。”她说。

78

轮船驶入马赛港的时候，凯蒂望着海岸崎岖而优美的轮廓在阳光下熠熠生辉，刹那间，她看到那尊金色圣母像矗立在圣母大教堂之上，那是水手平安出海的象征。她想起湄潭府修道院那些永别故土的修女，她们曾跪在那里，试图在祷告中减轻离别之苦，直到雕像渐渐消逝于远方，只剩下蓝天里的一小团金色火焰。她紧扣双手，祈求着一种她不知其名的力量。

在这漫长而平静的旅途中，她不断思索着发生于自己身上的那件可怕的事。她无法理解自己，这太出乎意料了，究竟是什么攫住了她？她那么瞧不起他，打心眼儿里瞧不起他，却还是如痴如醉地屈服于查理肮脏的怀抱。愤怒填满了她，对自身的厌恶纠缠着她。她觉得自己永远也忘不了这个耻辱。她哭了。不过，随着离香港越来越远，她发现不知不觉间她的怨恨变得模糊起来。那些事仿佛是发生在另一个世界里。她就像一个突然发疯的人，恢复正常之后，隐约记起神志不清时做下的荒唐事，感到痛苦和羞愧。但是因为知道当时神志不清，所以至少在自己眼中是可以要求宽恕的。凯蒂觉得，或许一颗宽宏大量的心会同情她，而非谴责她。可一想到她的自信已被碾得碎如齑粉，她叹息了一声。曾经她的面前似乎铺展出了一片坦途，而现在她看出那是一条崎岖之路，一道道陷阱等待着她。印度洋辽阔的海面和凄美的落日令她平静下来。此刻，她仿佛正被载往另外一个国度，在那里她可以自由地支配她的灵魂。如果以痛苦的挣扎为代价，她才能够重拾自尊，那么，她必须鼓起勇气去面对。

未来孤独而艰辛。在塞得港，她收到了母亲回电报的信。那是一封长信，用的是母亲年轻时代姑娘们学的那种阔大而花哨的字体，那字迹如此华丽和工整，给人一种不真诚的感觉。贾斯汀太太对沃尔特的死表示哀悼，对女儿的悲伤予以充分同情。她担心凯蒂的生活陷入匮乏，但是香港办事处自然会给她一笔抚恤金。她很高兴得知凯蒂正返回英国，她当然应该回来和父母住在一起，直到孩子出生。接下来是一些凯蒂一定要遵循的教导，以及她妹妹多丽丝产期的各种细节。多丽丝生了个大胖小子，他爷爷说他从没见过这么漂亮的小孩儿。多丽丝又怀上了一胎，他们希望还是个男孩儿，以确保准男爵的爵位后继有人。

凯蒂看出来，这封信的重点在于为邀她回家居住设下期限。贾斯汀太太无意让丧偶的女儿给不富裕的生活增添负累。真奇怪，想想当初母亲是如何把她捧到天上，现在又对她多么失望，她感觉自己只是个讨人嫌的人。父母和子女间的关系多么古怪！小的时候，父母溺爱他们，闹一点儿小毛病就会担惊受怕，孩子们则又敬又爱地黏着父母。几年过去，孩子长大了，对于他们的幸福来说，血缘关系之外的人变得比父母更加重要。漠然取代了原先盲目、本能的爱，乃至一见面就会厌烦，就会发火。曾经想到离别一个月就会心烦意乱，而现在却可以心平气和地期待着好几年不相见。她的母亲不必担心，一旦情况允许，她就会开始独自生活。但她还需要一点儿时间，眼下一切都不明朗，她无法对未来有任何展望——或许她会死于难产，那倒是能解决很多难题。

可就在船停靠码头之际，又有两封信送到了她手中。她惊讶地认出了父亲的笔迹，她不记得他何曾写过信给自己。他没有过多的感情流露，开头写着：凯蒂吾女。他告诉她，他此时正在代她母亲写信，她母亲身体抱恙，不得不去一家小型私立疗养院做手术。但凯蒂没必要大惊小怪，还是按原定的计划从海上绕行即可——走陆路要贵得多，而且母亲不在，住在哈灵顿花园的房子里凯蒂也会有诸多不便。另一封信来自多丽丝，开头写着：亲爱的凯蒂。不是因为多丽丝对她有什么特别的感情，而是因为她习惯这样称呼她认识的每一个人。

亲爱的凯蒂：

我想父亲已经写信给你了。母亲要做一个手术。好像去年她的身体就开始不舒服了，但你知道她讨厌医生，自己一直在吃各种秘方药。我也不知道她是怎么了，她要把整件事坚决保密，你要是问点儿她什么，她就要大发雷霆。她的样子简直糟透了，如果我是你，我想我会在马赛下船，然后尽快赶回来。不过你可别让她知道是我让你来的，因为她一直装出一副若无其事的样子，而且她不想让你在她回家之前到家。她已经逼迫医生们保证让她一周后出院。

爱你的多丽丝

听说了沃尔特的事，我难过极了。这段日子你一定很难熬吧，可怜的姐姐。我已经迫不及待想要见到你。一起生孩子该多有趣，我们可以互相搭一把手。

凯蒂陷入沉思，在甲板上站了一会儿。她无法想象母亲生病，从来不记得见过她活跃果决之外的样子，母亲总是对别人的小毛病很不耐烦。这时，一名乘务员拿着一封电报走了过来。

沉痛告知，你的母亲已于今天上午去世。父亲。

79

凯蒂按响了哈灵顿花园那栋房子的门铃。她被告知父亲在书房里，于是走到门前，轻轻将门推开。他正坐在炉火旁，读着最新一期的晚报。她走进来的时候，他抬起头，放下报纸，紧张地一跃而起。

“噢，凯蒂，我以为你会坐下一班火车。”

“我不想让你费事来接我，所以没有发电报告诉你到达的时间。”

他侧过脸颊给她亲吻，那个样子她记忆犹新。

“我刚才正在翻两眼报纸，”他说，“我已经两天没看报了。”

她看得出来，他认为如果自己忙于日常琐事，是需要做一些解释的。

“当然，”她说，“你肯定累坏了。恐怕母亲的死对你来说是一个很大的打击。”

他比上次她见到的时候老了，也瘦了。一个身材矮小、满脸皱纹、举止严谨的干瘪老头。

“医生说，从来都没有过什么希望。她的身体已经垮掉一年多了，但她一直拒绝看医生。医生告诉我，她一定处在持续的疼痛之中，说她能够忍下来是一个奇迹。”

“她从来没有喊过疼？”

“她说过自己不太舒服，但从来没有喊过疼。”他顿了顿，看着凯蒂，“长途跋涉，你很累了吧？”

“不是很累。”

“你想上去看看她吗？”

“她在这里？”

“对，从疗养院送过来的。”

“好，我现在就去。”

“你想让我和你一起去吗？”

父亲的语气有些异样，令她很快地看了他一眼。他的脸稍稍扭了过去，不想让她看到自己的眼睛。凯蒂近来变得格外善于读懂别人的心思。毕竟，她日复一日地调动全部的心力，从丈夫不经意的一句话或是无意的一个动作中，揣测着他隐秘的想法。她立刻猜到了父亲试图隐瞒什么。他感到的是解脱，一种无尽的解脱，而他被这种感觉吓到了。三十年来，他一直是一个忠诚的好丈夫，从来没说过一句贬损妻子的话，而现在他应该为她悲伤。他一直做着人们期待他做的事情。哪怕是眼皮眨一眨，或是什么微不足道的迹象，暴露出他没有一个丧妻的丈夫在当下应有的感受，他都会感到震惊。

“不用，我还是自己去吧。”凯蒂说。

她上了楼，走进那间又大又冷、装饰浮夸的卧室，这么多年她母亲一直睡在这里。她清晰地记得那些厚重的红木家具，还有墙上那些模仿马库斯·斯通的版画。梳妆台上的物件摆放得一丝不苟，贾斯汀太太一辈子都坚持如此。那些鲜花显得格格不入，贾斯汀太太会认为在卧室里放鲜花是愚蠢、做作且不健康的。花香掩盖不了那股刺鼻的霉味，像是刚洗过的亚麻床单散发出来的，凯蒂记得那是母亲房间里特有的气味。

贾斯汀太太躺在床上，双手交叉放在胸前，一副温顺的样子，生活中她是不会有这样的耐心的。她五官棱角分明，脸颊痛苦地凹陷，额角也塌了下去，她看起来很俊朗，甚至很气派。死亡夺去了她脸上的刻薄，只留下个性的痕迹。她恍若一位罗马女皇。凯蒂觉得奇怪的是，在她所见过的死者中，只有这一个在死后还保留表情，仿佛这个躯壳曾经的确是灵魂的居所。凯蒂感觉不到悲伤，因为她和母亲之间有过太多的心酸和愤恨，以至于她的心里没有留下任何深厚的感情。回望曾经那个女孩儿，她知道是母亲造就了她现在的样子。但是，当看到这个冷酷、专横、野心勃勃的女人躺在那里，一动不动，一言不发，所有细琐的目标都被死亡挫败了，她心中不禁感到隐隐的悲悯。她一生机关算尽，渴望的无非是些毫无价值的东西。凯蒂想知道，也许死后到了另外某个地方，回望自己在尘世走过的一生，她会不会感到愕然。

多丽丝走了进来。

“我想着你可能坐这趟火车来，感觉必须过来看一眼。看着太难受了，好可怜，不是吗？亲爱的母亲。”

她一下子哭起来，扑进了凯蒂的怀里。凯蒂亲吻了她。她知道母亲是如何忽视多丽丝而偏爱她的，知道她对多丽丝有多么严厉，只因她相貌平平而又愚钝。她想知道多丽丝是否真的像她表现出来的那么悲痛欲绝。不过多丽丝一直都很情绪化。她希望自己也能哭出来，不然多丽丝会认为她铁石心肠。凯蒂觉得自己已经经历了太多，无法伪装出她感受不到的痛苦。

“你想来看看父亲吗？”待她激烈的情绪稍稍平复了些，凯蒂问她。

多丽丝擦了擦眼睛。凯蒂注意到，妹妹的身孕让她的五官变钝，穿着黑裙的她看起来臃肿而松垮。

“不了，我想不必了，我只会再哭一场。可怜的老头子，他一直坚强地撑着。”

凯蒂把妹妹送出家门，然后回到父亲那里。他正站在壁炉前，报纸整齐地叠了起来，想让她看到自己没有再读了。

“我还没有为晚餐换衣服，”他说，“我觉得没有这个必要。”

80

两人共进晚餐。贾斯汀先生把妻子生病和去世的详情讲给了凯蒂听，告诉她很多朋友好心写来了吊唁信（信件一摞一摞堆在他的桌上，一想到回信的重担他就叹气），以及他为葬礼所做的安排。随后两人回到他的书房，这是整栋房子里唯一生了炉火的房间。他机械地从炉台上取下烟斗，开始往里面装烟丝，可是又迟疑地看了一眼女儿，把烟斗放了下来。

“你不要抽烟吗？”她问。

“你母亲不太喜欢饭后闻烟斗味，而自从战争以来我就不抽雪茄了。”

他的回答令凯蒂内心一阵刺痛。一个六十岁的男人，想要在自己的书房里抽烟都要犹豫，这似乎太可悲了。

“我喜欢烟斗味。”她微笑着说。

他的脸上掠过一丝宽慰之色，又拿起烟斗点上了。两人隔着壁炉相对而坐，他感觉必须跟凯蒂谈一谈她自己的烦恼了。

“我想你在塞得港收到你母亲写给你的信了吧。可怜的沃尔特去世的消息对我们俩都是很大的打击。我认为他是个很好的人。”

凯蒂不知道该说些什么。

“你母亲告诉我你要生孩子了。”

“对。”

“什么时候生？”

“大概四个月后。”

“这对你会是很大的安慰。你一定要去看看多丽丝的儿子，是个可爱的小家伙儿。”

他们的谈话比刚认识的陌生人还要疏远，因为如果他们刚刚认识，他还会因此对她感兴趣，对她好奇，但是他们共同的过往是一堵冷漠的墙，将两人阻隔。凯蒂很清楚，她没有做过什么事情来博得父亲的爱，家里从来没人把他当回事，她们理所当然地把他视作养家糊口之人，由于他无法为家庭提供更舒适的生活，还有点儿瞧不起他。可是她一直想当然地以为他爱自己，只因为他是她父亲，而当发现他的心里对她毫无感情时，她大吃一惊。她一直知道她们都对他感到厌烦，但从来没想到她们同样令他厌烦。他还是一如既往地和蔼、克制，然而，她从痛苦中习得的那种悲哀的洞察力告诉她——尽管他可能从未承认过，也永远不会承认——他在内心深处厌恶着她。

他的烟斗抽不动了，他站起来找东西捅它。或许这是个幌子，只是用来掩饰他的紧张。

“你母亲希望你留在这儿，直到孩子出生，她原来正准备把你以前的房间收拾出来的。”

“我知道，我保证不会添麻烦的。”

“啊，不是这个意思。在这种情况下，你唯一能去的显然是你父母家。可问题是，我刚刚被任命为巴哈马首席大法官，我已经接受了这个职位。”

“啊，父亲，我太高兴了。我衷心地祝贺你。”

“这个任命到来得太晚了，没有来得及告诉你可怜的母亲。这本来可以让她非常欣慰。”

命运的辛辣嘲讽啊！费尽艰辛，挖空心思，含羞忍耻，贾斯汀太太至死都不知道，她的野心，尽管被过往的失落所消磨，最终还是实现了。

“我下个月初启程。当然，这栋房子会交给代理人接管，我的想法是把家具卖掉。很抱歉我不能让你住在这儿，但如果你想要哪件家具来布置一套公寓，我都非常乐意送给你。”

凯蒂凝视着炉火，心跳得很快。真奇怪，她竟突然间变得这么紧张。但她终于还是强迫自己开了口，声音有点儿颤抖。

“我不能跟你一起去吗，父亲？”

“你？噢，我亲爱的凯蒂。”他的脸耷拉下来——她常常听到这样的称呼，但原以为只是一个短语，此刻她生平第一次看到了它所描述的动作。这表情如此明显，令她吃了一惊。“可你所有的朋友都在这里，多丽丝也在这里。我以为你在伦敦租一套公寓会开心得多。我不太清楚你现在的状况，但我很乐意替你付房租。”

“我有足够的钱生活。”

“我要去一个陌生的地方，我对那里的情况一无所知。”

“我习惯了陌生的地方。伦敦对我来说已经没有意义了，我在这里没法呼吸。”

他的眼睛闭了一会儿，她感觉他就要哭了。他的脸上露出极度痛苦的表情，令她的心也绞痛起来。她是对的，妻子的死令他倍感解脱，现在这个与过去一刀两断的机会可以赋予他自由。他已经看到一种新的生活在面前铺展开来，在熬过了这么多年之后，终于看到了安宁和幸福的幻景。她隐约看到了三十年来折磨他内心的所有痛苦。最后，他睁开了眼睛，忍不住叹了一口气。

“如果你愿意来，我当然很乐意。”

太可怜了。经历短暂的挣扎，他还是屈服于自己的责任感。寥寥两句话，他便放弃了所有的希望。她从椅子上站起来，走到他面前，跪下来握住他的手。

“不，父亲，除非你想要我去，不然我是不会去的。你已经牺牲得够多了。如果你想一个人去，那就去吧。一刻也不要顾虑我。”

他抽出一只手，抚摸着她漂亮的头发。

“我当然想要你来，亲爱的。毕竟我是你父亲，而且你还是寡妇，孤零零一个人。如果你想跟我一起，我抛下你就太无情了。”

“问题就在这儿，我不会因为是你的女儿就向你提要求，你不欠我什么。”

“噢，我亲爱的孩子。”

"什么也不欠，"她激动地重复道，"一想到我们一辈子都在压榨着你，却没有给过你任何回报，我的心就沉了下去。没有，连一点儿爱也没有给你。恐怕你这一生过得并不是很快乐。你不能让我尽力弥补一点儿我过去没有做到的事情吗？"

他微微皱起眉头，她的情绪令他窘迫。

"我不明白你的意思，我从来没有埋怨过你。"

"啊，父亲，我经历了太多事，一直那么不快乐。我已经不是离开时的凯蒂了。我现在很虚弱，但我觉得我已不是当初那个卑劣的人了。你能给我一次机会吗？如今在这世上我只有你一个人了。你不能让我努力获得你的爱吗？啊，父亲，我好孤独，好悲惨，我好想要你的爱。"

她把脸埋在他的膝上，哭得撕心裂肺。

"哎，我的凯蒂，我的小凯蒂。"他喃喃地说。

她抬起头，伸出双臂搂住他的脖子。

"啊，父亲，请对我好一点儿，让我们善待彼此吧。"

他吻了她，像爱人那样亲吻嘴唇，他的脸颊被她的泪水打湿了。

"你当然要跟我一起去。"

"你想让我去？你真的想让我去？"

"真的。"

"我太感激你了。"

"啊，亲爱的，别对我说这种话，这让我感觉很尴尬。"

他拿出手帕，擦干她的眼泪。他笑了，她以前从未见过他露出那样的笑容。她又一次搂住了他的脖子。

“我们会幸福快乐的，亲爱的父亲，你不知道我们在一起会过得多开心。”

“别忘了你就要生孩子了。”

“我很高兴她会在那里出生，在大海的声音里，在辽阔的蓝天下。”

“你这就已经认定好性别了吗？”他轻声说，脸上带着干涩的笑容。

“我想要个女孩儿，因为我想把她养大，让她不要犯我犯过的错误。每当回想起曾经的自己，我心里就充满厌恶，但我从来没有机会重来。我要把我的女儿抚养成人，让她自由、独立。我把她带到这个世界，爱她，把她养大，不是为了让某个男人因为渴望跟她睡觉而愿意养她一辈子。”

她感觉父亲僵住了。他从未说起过这类事情，听到这些话从女儿口中说出来，令他十分震惊。

“就让我坦率一次吧，父亲。我一直很蠢、很坏、很可恨。我已经受到了严厉的惩罚。我一定不让我的女儿重蹈覆辙。我希望她无所畏惧、真诚坦率；我希望她成为一个不依附于他人、掌控自己人生的人；我希望她活得自由自在，活得比我更好。”

“哎呀，亲爱的，你说得好像你都五十岁了。你还有大半辈子要过呢，千万不要灰心丧气。”

凯蒂摇了摇头，慢慢露出了笑容。

“我没有灰心，我还有希望和勇气。”

过去的已经过去，逝者已经安息。这冷酷无情吗？她真心希望自己已经学会了同情与仁爱。不知道未来等待她的是什么，但她感受到了自身的力量，可以用一颗轻盈的心去迎接即将到来的一切。这时，不知何故，昔日旅程中的记忆突然从她无意识的深处翻涌上来——她跟可怜的沃尔特一起奔赴那座瘟疫横行的城市，奔赴他的葬身之地。一天清晨，天色尚暗他们就坐轿子出发。随着曙色渐开，一幅动人心魄的美景开始浮现，与其说是目之所见，不如说是用心映照出来。一时间，她内心的伤痛得以消弭，人世间的苦难都变得微不足道。太阳升起，驱散了晨雾，她看到他们要走的路蜿蜒伸向目力所及的远方，穿过稻田，跨过小河，越过起伏的大地。或许，她的过错与愚行，她所遭受的不幸，这些并不完全是徒劳无益的，只要她能够沿着眼前这条依稀可辨的小路前行。这条路不是善良滑稽的老沃丁顿所说的不通往任何地方，而是修道院里那些亲爱的修女们谦卑追随的路——那是一条通往内心安宁的路。